金庸武侠之成长秘笈

黄宗放 编著

重庆大学出版社

图书在版编目（CIP）数据

金庸武侠之成长秘笈 / 黄宗放编著. -- 重庆：重
庆大学出版社，2021.7
ISBN 978-7-5689-2740-6

Ⅰ.①金…　Ⅱ.①黄…　Ⅲ.①金庸（1924-2018）—
侠义小说—小说研究　Ⅳ.①I207.425

中国版本图书馆CIP数据核字（2021）第102057号

金庸武侠之成长秘笈

JINYONG WUXIA ZHI CHENGZHANG MIJI

黄宗放　编著
策划编辑：唐启秀
责任编辑：赵　晟　　版式设计：唐启秀
责任校对：谢　芳　　责任印制：张　策
*
重庆大学出版社出版发行
出版人：饶帮华
社址：重庆市沙坪坝区大学城西路21号
邮编：401331
电话：（023）88617190　88617185（中小学）
传真：（023）88617186　88617166
网址：http://www.cqup.com.cn
邮箱：fxk@cqup.com.cn（营销中心）
全国新华书店经销
重庆升光电力印务有限公司印刷
*
开本：720mm×1020mm　1/16　印张：15　字数：255千
2021年7月第1版　　2021年7月第1次印刷
ISBN 978-7-5689-2740-6　定价：39.80元

本书如有印刷、装订等质量问题，本社负责调换

前　言

　　自从写了《金庸武侠之教育秘笈》之后，金庸武侠世界里的大侠们就时常在我脑海里跳跃。金庸先生的许多武侠小说从某种意义上说就是大侠的成长传记，如郭靖、杨过、张无忌、袁承志等，无不是从出生一直写到成长为一代宗师、侠之大者。大侠的成长历程其实就是一个不断接受教育的过程，不断学习的过程。于是我就萌发了再写一本以金庸武侠世界里大侠的成长历程为案例，以高中学生为阅读对象的书。

　　写作之前，在高中学生中做过一个问卷调查，收回2360份有效问卷，76.48%的学生表示看过金庸武侠小说或由小说改编的影视作品，"射雕三部曲"《笑傲江湖》《天龙八部》《鹿鼎记》是学生最熟悉的金庸武侠作品。70.42%的学生认为金庸武侠作品有教育意义，主要体现在励志、品德修养等方面。在学生的课外阅读调查中，32.75%的学生有课外阅读武侠小说的经历，在问卷七个选项中排在第四位。

　　金庸武侠小说的教育意义不仅在于励志和提高品德修养，还涉及教育的诸多方面，比如：师父是如何教授武功的？徒弟又是如何修炼的？独门绝技是怎么创生的？阴狠毒辣之人是天生的吗？这些问题都可以在金庸武侠小说里找到答案，而这些答案中蕴含着金庸先生的教育智慧，体现着他的教育观念和思想。

武侠故事是高中学生所喜闻乐见的，其中的教育意义又是有利于他们健康成长的。寓教于乐，是最好的教育方式，于是，本人再次认真阅读金庸先生的武侠小说全集，梳理其中的教育案例，根据高中思想政治和道德修养教育要求加以剖析，结合传统文化和时事政治予以拓展，引导学生讨论与分享，遂成《金庸武侠之成长秘笈》一书。

本书分励志、修身、学习、创新、警示五章，共五十四篇文章，每篇文章有武侠故事、思考与讨论、拓展与积累、沟通与分享四部分，除文本之外，每篇文章还配有插图，并可以通过扫二维码观看视频。本书既可以作为高中学生的课外读物，也可作为高中思想政治选修课程的教材。

在本书的写作过程中，得到了许多老师的帮助：瑞安市职业中等专业教育集团学校的吴丽洁、周肖琴、王舒蕾三位老师分篇章给予修改，并提出了许多建设性建议；浙江省美术家协会会员、瑞安市职业中等专业教育集团学校美术专职教师吴志上先生和浙江省杂文学会会员、漫画家李浙平先生为每篇文章各创作了一幅风格不同、情趣盎然的插图；我的同事——瑞安市教师发展中心的研训员李静老师对全部文稿进行了润色。在此，一并表示感谢！

黄宗放

2021 年 1 月于浙江瑞安

目　录

修身篇

学习篇

创新篇

警示篇

励志篇

《射雕英雄传》中的主人公郭靖是梁山之后郭啸天的遗腹子，从小和母亲相依为命，艰难度日。他直到四岁才会说话，智商平平，甚至有点"傻头傻脑"。他是如何成功"逆袭"为爱国爱民的武林绝顶高手、民族大英雄、真正的大侠的呢？

郭靖的母亲李萍是位典型的贤妻良母，她一个人在大漠苦寒之地忍辱负重，含辛茹苦，抚养郭靖长大，在教育郭靖方面她既有父亲的严厉又有母亲的慈爱。良好的家教，使得郭靖养成了善良、坚强、努力刻苦、坚韧不拔的性格和诚实守信、崇尚英雄、恩怨分明、爱家爱国的品行。小小孩童郭靖在威严如天神的铁木真面前，不畏强暴，勇救与铁木真有一箭之仇的敌人——黑袍将军哲别，就是最好的证明。郭靖的这一行为，不仅使哲别感其恩德，以神箭之术倾囊相授，也让铁木真刮目相看。

李萍除了对郭靖进行日常言行和做人准则规范的教育外，平时在母子对话中，都用临安方言。李萍还常常以讲故事的形式，给郭靖讲金兵在中原大地如何残暴掳掠、虐杀百姓，如何与汉奸勾结、害死大宋名将岳飞等事情，把身份认同和民族大义教育融入日常生活，使郭靖牢记自己是大宋之人，长大后要抗敌报国。

由于与丘处机的君子之约，"江南六怪"成了郭靖"基础教育阶段"的老师。他们的教学有很大的功利性，目标非常明确，那就是要使郭靖的武功胜过丘处机的徒弟杨康。因为这个原因，他们的教学有些浮躁，恨不得把六人的武功一股脑地传授给郭靖。而郭靖偏偏天资驽钝，学武的悟性较差，面对这六门"功课"，只有咬紧牙关，埋头苦练。即使如此勤学苦练，郭靖的武功还是进步很慢，他甚至逐渐丧失了学武的兴趣和信心。

还好，在郭靖学武十年后，遇到高明的"课外辅导"老师——马钰道长。

　　"马钰道长问他：'你又不是不用功，为什么十年来进益不多，你可知是什么原因？'郭靖道：'那是因为弟子太笨，师父们再用心教也教不会。'马钰道长笑道：'那也未必尽然，这是教而不明其法，学

而不得其道。'随后又说：'讲到寻常武功，如你眼下的造诣，也是算不错了，你学艺之后，首次出手就给小道士打败，于是中心馁了，以为自己不济，哈哈，那完全错了。'"①

马钰道长首先帮助郭靖分析原因，树立他的学武信心。以前，郭靖一直把学武进展缓慢归因于自己太笨，因此深深自责。马钰道长先明确指出，这是因为"教而不明其法"，才使得"学而不得其道"，然后又肯定郭靖的武功眼下已经不错，至于败给小道士尹志平，只是他以巧劲取胜，不必气馁不自信，以为自己不济了。这样的话，郭靖是第一次听到，怎能不安抚他那饱受挫折、极度自卑的心？

第二，马钰道长能补其不足，扬其所长。"江南六怪"只教郭靖拳剑暗器、轻身功夫，忽视了内功的修炼。而郭靖心思单纯，极少杂念，这是练内功的优势。马钰道长传授郭靖内功，既是查漏补缺，又是因材施教，扬其长而补其短。

第三，马钰道长的"生活化"的教学方法高明有效。马钰道长把高深的内功修炼方法融入日常呼吸、坐下、行路、睡觉，高明之至，使得郭靖明白"生活即练功，练功即生活"，怎不事半功倍？

经过马钰道长的两年辅导，郭靖的内功已有小成。马钰道长"并未教郭靖一手半脚武功，然而他日间练武之时，竟尔渐渐身轻足健，半年之后，本来劲力使不到的地方，现下一伸手就自然而然用上巧劲；原来拼了命也来不及做的招术，忽然间做的又快又准。"②

"江南六怪"虽然在传授郭靖武功上有功利心，也不得其法，但他们与郭靖十二年朝夕相处，耳濡目染，他们的品性对郭靖也产生了重要的影响。他们的个性差异很大：柯镇恶，眼瞎心明疾恶如仇；朱聪，幽默风趣游戏人间；韩宝驹，马术超群心直仗义；南希仁，不说空话笃诚笃信；全金发，精明强干大隐于市；韩小莹，豪爽秀丽忠贞不二。但他们都具忠肝义胆，能除暴安良；他们一诺千金，十二年大漠抚孤；他们不畏强暴，以死抗争。他们时时、处处给郭靖树立为人处世的标杆。

由于具有非常优秀的品性，又有十二年学武的坚实基础，郭靖顺利进入"大学"学习，他的"大学"老师就是嫉恶如仇、大义凛然、平生没杀过一个好人的洪七公。洪七公因材施教，郭靖在"大学"期间专修至刚至猛、易学难精、需要在苦练中体会和感悟的"降龙十八掌"。"大学"的学习，使郭靖的武功迅速提升，进入一流高手的行列。

大学毕业后，郭靖又开启了"研究生"生涯，和导师"老顽童"周伯通一起做调查研究、共同讨论、一起实验。他们以玩的心态和方式，教学"双手互搏之术""空明拳"和"九阴真经"。在这期间，周伯通对郭靖品性的塑造有着积极的影响。周伯通虽然少了一份济世救人的情怀，但他对郭靖的品性非常认同和推崇。在一个人品性的形成过程中，有知、情、意、行四个因素，当他对某种品性的认知、情感、意志和行为，受到长辈或者他尊敬的人的认同和推崇时，他对这种品性会更加认同，经过内化后，进而转化为自觉的日常行为。所以，周伯通对郭靖的认同和推崇，是郭靖的优秀品性形成的催化剂和固化剂。

在郭靖众多的师父中，有一位特殊的"师父"——"西毒"欧阳锋。欧阳锋是郭靖的敌人，却也是他最好的老师。从东海船舱到西域石屋，从大漠雪地到华山绝顶，郭靖和欧阳锋不知搏斗了多少场，每一次搏斗都使欧阳锋惊叹："武功又有精进！"其实，郭靖与欧阳锋的每一次搏斗，都是一次学习机会，从搏斗中发现自己的不足，从搏斗中发现敌人的弱点，从搏斗中借鉴敌人的经验，从搏斗中参悟武学原理。每一次搏斗也是一次实践的机会，是郭靖武学修为的实践运用，在实践中印证，在实践中反思，在实践中改进。欧阳锋可以算是郭靖的"博士后"实践导师。

在郭靖的人生中，如果论对他的一生都有着积极影响的人，恐怕非丘处机莫属了。那一年，临安城外牛家村的风雪之夜，丘处机、郭啸天、杨铁心三人酒酣耳热之余，仗剑诛奸之后，丘处机给郭啸天和李萍尚在腹中的孩子取名为"郭靖"并刻在短剑上。同时，也把民族大义，爱国之情刻在了郭靖的身上、融入郭靖的血液。此后，郭、杨两家惨遭巨变。然而，不管在塞外大漠，还是在襄阳城中，不管是跟师父学武练功之时，还是与黄蓉卿卿我我之际，保家卫国的念头一直萦绕在郭靖心里。

蒙古帐内，郭靖得知成吉思汗要他率军灭金后"移师南下，乘势攻占临安。他便决意立即南归，决不卖国求荣，昂然对成吉思汗道：'我是大宋臣民，岂能听你号令，攻打自己邦国。'"③不顾威逼利诱，杀出重围，毅然南归。

襄阳城里，蒙古铁骑兵临城下。"郭靖对黄蓉正色道：'咱们既学了《武穆遗书》中的兵法，又岂能不受岳武穆尽忠报国四字之教？咱们虽然人微力薄，却也要尽心竭力，为国御侮。纵然捐躯沙场，也不枉了父母师长教养一场。'"④此后，郭靖与黄蓉一起协助宋朝官兵死守襄阳，对抗外敌，与襄阳共存亡。

郭靖的爱国抗敌精神还感化了杨过，感动了三山五岳的武林豪杰，吸引了众多武林人士与他一起协守，使数十万蒙古大军止步于襄阳城下，38年不能入侵一步。

　　金庸先生之所以称郭靖是侠之大者，就是因为他爱国爱民，以死报国的侠气与民族气概。

①金庸.射雕英雄传[M].广州：广州出版社，2015：176.
②金庸.射雕英雄传[M].广州：广州出版社，2015：177.
③金庸.射雕英雄传[M].广州：广州出版社，2015：1266.
④金庸.射雕英雄传[M].广州：广州出版社，2015：1320.

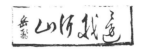

思考与讨论

1. 郭靖之所以能成为爱国爱民的侠之大者，你认为哪些品性发挥着重要作用？

2. 作为和平年代的中华人民共和国的公民，你认为应该怎样培养爱国主义精神？

拓展与积累

　　1982 年 9 月 1 日，邓小平在中国共产党第十二次全国代表大会开幕词中指出：中国人民有自己的民族自尊心和自豪感，以热爱祖国、贡献全部力量建设社会主义祖国为最大光荣，以损害社会主义祖国利益、尊严和荣誉为最大可耻。

　　2018 年 5 月 2 日，习近平在北京大学师生座谈会上说过：要时时想到国家，处处想到人民，做到"利于国者爱之，害于国者恶之"。爱国，不能停留在口号上，而是要把自己的理想同祖国的前途、把自己的人生同民族的命运紧密联系在一起，扎根人民，奉献国家。

　　因此，培养爱国主义精神，一要了解中华民族悠久的历史和灿烂的文化，增强民族自信心和自豪感；二要懂得"落后就要挨打"的道理，要有危机意识和忧患意识，要有为中华民族伟大复兴而努力学习的责任心和积极性；三要立足实际、立足生活，从小事入手，自觉维护祖国利益、尊严和荣誉；四要有民族气节和使命感，敢于劝阻、制止、揭发、举报损害祖国利益、尊严和荣誉的行为。

沟通与分享

　　你最喜欢的爱国英雄是谁？向你的同学、朋友、家人讲一讲他们的故事和你的感想吧。

2. 萧峰：国土有界，大爱无疆

《天龙八部》里的大侠萧峰，武功自是一流的。身为丐帮帮主，他已将丐帮的招牌武功"降龙十八掌"练得出神入化。"他天生异禀，实是学武的奇才，受业恩师玄苦大师和汪帮主武功已然甚高，萧峰却青出于蓝，更远远胜过两位师父，任何一招平平无奇的招数到了他手中，自然而然发出巨大无比的威力。"①那他的人品又如何呢？

段誉与萧峰第一次见面就心折不已。萧峰也十分欣赏段誉的真诚、直爽，两人一见如故，便结义为兄弟。

段誉眼里的萧峰是这样的："西首座上一条大汉回过头来，两道冷电似的目光霍地在他的脸上转了两转。段誉见这人身材甚是魁伟，三十来岁年纪，身穿灰色旧布袍，已微有破烂，浓眉大眼，高鼻阔口，一张四方的国字脸，颇有风霜之色，顾盼之际，极有威势……那大汉桌上放着一盘熟牛肉，一大碗汤，两大壶酒，此外更无别物，可见他便是吃喝，也是十分豪迈。"②

此时的萧峰还叫乔峰，还是丐帮的帮主。他因副帮主马大元死于非命，怀疑遭姑苏慕容"以彼之道，还治彼身"之毒手，来江南查明真相。哪知，碰到了丐帮内讧。

丐帮大智分舵舵主全冠清被人利用，挑唆丐帮四大长老反叛，欲致乔峰于死地。"乔峰察言辨色，料知此次叛乱，全冠清必是主谋，若不将他一举制住，祸乱非小，纵然平服叛徒，但一场自相残杀势所难免。"③乔峰临危不惧，当机立断，以高超的武功，一举制住了全冠清，让全冠清身不能动，口不能言。接着，乔峰借向段誉引见丐帮长老的机会，或介绍他们的英雄事迹，或描述他们的高超武功，或回忆从前共同抗敌之情境，或感慨与他们之间的兄弟情谊。及时安抚参加叛乱的帮众，迅速平息了叛乱。

乔峰不但智勇双全，还有情有义。叛乱平息后，执法长老要惩罚叛乱者，按丐帮帮规，叛乱者要一刀处死。乔峰念及反叛他的四大长老是误信人言，也顾及他们曾有大功于丐帮，主动替他们求情，代他们受罚。乔峰先在执法长老和帮众面前侃侃而谈，叙说各位长老为国、为民、为丐帮所做的英雄事迹，然后毅然刀穿肩头，替每位长老各受了一刀之罚。

关于萧峰的人品，少林寺的无名大德高僧——扫地僧，对他也是赞赏有加。这件事发生在扫地僧点化他的父亲萧远山和慕容复的父亲慕容博的时候。此时，他已查明自己身世，不容于中原

扫码看大侠

武林，恢复萧姓，回到辽国。因救辽国皇帝耶律洪基有功，萧峰官居辽国的南院大王，手握重兵，镇守南京。

慕容博父子为了恢复燕国，提出要与萧远山父子合作，并联合西夏、吐蕃、大理瓜分大宋国土。萧远山心有所动，但"萧峰踏上一步，昂然道：'你可曾见过边关之上，宋辽相互仇杀的惨状？可曾见过宋人辽人妻离子散、家破人亡的情景？宋辽之间好不容易罢兵数十年，倘若刀兵再起，契丹铁骑侵入南朝，你可知有多少宋人惨遭横死？多少辽人死于非命？'他说到这里，想起当日雁门关外宋兵和辽兵相互打草谷的残酷情状，越说越响，又道：'兵凶战危，世间岂有必胜之事？大宋兵多财足，只须有一二名将，率兵奋战，大辽、吐蕃联手，未必便能取胜。咱们打一个血流成河，尸骨如山，却让你慕容氏乘机兴复燕国。我对大辽尽忠报国，是在保土安民，而不是为了一己的荣华富贵，因而杀人取地、建功立业。'"④

这一番话，既大义凛然又悲天悯人，扫地僧称赞他宅心仁厚，以天下苍生为念，是菩萨心肠。不仅如此，扫地僧还接二连三为萧峰点赞。第二次是萧峰得知他父亲身上的疾病无法驱除，恳求扫地僧救治，扫地僧又赞他大仁大义，答应他如有吩咐无有不从。第三次是萧峰误认为扫地僧打死了他父亲，用降龙十八掌向老僧攻击，被老僧化于无形，萧峰认错，扫地僧随即赞他是唯大英雄本色。

以天下苍生为念，这是一种大爱，大爱不分国界。萧峰是这么说的，也是这么做的。

辽国皇帝耶律洪基之所以封萧峰为南院大王，是看中了他既熟悉大宋国情，又具有雄才大略，以高官厚禄为诱，要他领兵攻宋。萧峰深知战衅开启之日，便是生灵涂炭之时，所以他坚辞宋王之爵、平南大元帅之职，苦谏耶律洪基，不可出兵攻宋。耶律洪基既怒且惧，便设计借阿紫之手给萧峰下毒，把他囚禁在虎笼里。后来得到他的两位结义兄弟段誉、虚竹及丐帮旧部、中原群雄的帮助，才逃脱牢笼。耶律洪基恼羞成怒，亲自带兵追杀至宋辽边界。萧峰三兄弟于十万军中冒险一搏，抓住了耶律洪基，逼他折箭为誓：终其一生，不让一兵一卒侵犯大宋边界。

萧峰虽然为宋、辽无数百姓争来了数十年的平安，但他觉得身为契丹人，却威逼契丹皇帝，成了契丹的大罪人，已无面目立于天地之间。于是就拾起地上的断箭，插入了自己的胸口。

①金庸．天龙八部 [M]．广州：广州出版社，2015：863．
②金庸．天龙八部 [M]．广州：广州出版社，2015：488-489．
③金庸．天龙八部 [M]．广州：广州出版社，2015：512．
④金庸．天龙八部 [M]．广州：广州出版社，2015：1540-1541．

思考与讨论

萧峰自杀后，中原武林人士低声议论：

"乔帮主果然是契丹人吗？那么他为什么反而来帮助大宋？他自幼在咱们汉人中间长大，学到了汉人的大仁大义。两国罢兵，他成为排难解纷的大功臣，却用不着自寻短见啊。他虽于大宋有功，在辽国却成了叛国助敌的卖国贼。他这是畏罪自杀。什么畏不畏的？乔帮主这样的大英雄，天下还有什么事要畏惧？" ④

对于这些议论，你怎么看？

心中无愧泛凡致　浙平画

拓展与积累

墨子在《兼爱》中说：天下之所以混乱，起源于人与人不相爱。儿子爱自己不爱父亲，因而损害父亲以自利；弟弟爱自己不爱哥哥，因而损害兄长以自利……小偷只爱自己的家，不爱别人的家，所以偷取别人的家以利自己的家；强盗只爱自身，不爱别人，所以残害别人以利自身……假使天下人都相亲相爱，国家与国家之间互相不再攻伐，家族与家族之间不互相侵害，没有了强盗与贼寇，君臣之间都能孝敬慈爱，像这样，天下就治理好了。

蔡元培先生在《中学修身教科书》的《博爱及公益》中说：博爱者，人生至高之道德。孟子所说的"老吾老以及人之老，幼吾幼以及人之幼"以及"亲亲而仁民，仁民而爱物"此博爱之道也。博爱者，以己之欲，施之于人。是故见人之疾病则拯之，见人之危难则救之，见人之困穷则补助之。

沟通与分享

2020 年年初，全世界惨遭新冠肺炎病毒肆虐，中国人民上下一心，众志成城，很快就遏制了疫情，并竭尽所能向世界各国提供援助。而美国不反思自己抗疫不力，反而频频向中国和世界卫生组织"甩锅"。你如何看待这一事情？向你的同学、朋友、家人分享一下你的观点吧。

在《神雕侠侣》中，杨过是这样出场的："一个衣衫褴褛的少年左手提着一只公鸡，口中唱着俚曲，跳跳跃跃的过来……走到李莫愁和郭芙之前，侧头向两人瞧瞧，笑道：'啧啧，大美人儿好美貌，小美人儿也挺秀气……'脸上贼忒嘻嘻，说话油腔滑调。"①活脱脱一个流里流气的小痞子，一个轻浮的小浪子。

然而，当他看到李莫愁打伤了武三娘、劫持了程英和陆无双的时候，大感不平，不顾自己不会武功，抱住了李莫愁，使她不能动弹。但为了驱除冰魄银针的毒性又欣然拜欧阳锋为义父，而对有心帮他的郭靖不闻不问，甚至出拳相击。当郭靖问他姓名的时候，竟然说："我姓倪，名字叫作牢子。"杨过之所以这么排斥郭靖，原因不过是郭芙说他手脏，就对她一家都产生了厌恶之心。

杨过被郭靖夫妇带到桃花岛后，没体会到郭靖的善意，却敏感地觉察到黄蓉的戒心，于是就有了种种偏执、叛逆的行径。以致后来，杨过用"蛤蟆功"打晕武修文，柯镇恶厉声逼问欧阳锋下落，杨过为欧阳锋辩护而大骂柯镇恶为"老瞎子、老混蛋"。郭靖因杨过对祖师无礼，重重打了他个耳光，反而激得杨过要投海自杀。最终致使郭靖不得不送杨过去终南山学艺。

刚上终南山第一天，杨过就捉弄鹿清笃令他淋了一身的屎尿。拜赵志敬为师后，先受了丘处机疾言厉色的一番教训，后因对师父不敬换了赵志敬一个耳光，心中恚愤、委屈而又不屑于全真派的武功，便和赵志敬成了冤家师徒，不时对骂、对打。在年终大校之时，赵志敬故意让鹿清笃毒打杨过，逼得杨过用"蛤蟆功"反击后逃离重阳宫。

后得孙婆婆搭救，孙婆婆对杨过极是仁慈，口中是温和关切之音，眼中是慈祥爱怜之色。在听杨过叙说身世遭遇之时，不住叹息，不时评论，每句话都护着杨过，杨过便觉得孙婆婆比亲人还亲。

杨过对小龙女的爱无疑是真挚的、热烈的，但也是自私的、狭隘的。"我和她隐居古墓，享尽人间清福，管他这天下是大宋的还是蒙古的……罢了，罢了，管他什么襄阳城的百姓，什么大宋江

山。我受苦之时除了姑姑之外，有谁真心怜我。世人从不爱我，我又何必去爱世人。"②就是他当时的心灵写照，没有家国情怀，少了民族大义。

也正是因为这种道德认知上的缺陷，杨过在忽必烈进攻襄阳受阻时就主动请命要去刺杀守城的郭靖，并且说："小人在郭靖家中住过数年，又曾为他出力，他对我决无防范之心。常言道明枪易躲，暗箭难防。"③简直一无耻汉奸。

然而，杨过不但没有成为无耻的汉奸，还帮助郭靖抗击蒙古强敌，成为守襄阳的英雄，最后还成为公认的江湖大侠。他是如何美丽"蜕变"的呢？

由于世交和杨康的缘故，郭靖在内心里一直把杨过当儿子一样看待，并努力要使杨过成为像他自己一样的侠之大者。虽然郭靖没有教杨过武功，也不善言辞，但郭靖一直用自己的言行教育、感化并成就杨过。

在送杨过去终南山学艺，到达普光寺的时候，郭靖发现了刻有丘处机诗作的石碑，借向杨过解释诗意的时候，就颂扬丘处机爱护天下万民的情怀，并勉励他好好学艺，日后要有大成就。

在大胜关陆家庄的英雄大宴上，郭靖与故作寒酸困顿的杨过重逢，郭靖又惊又喜，不顾杨过泥污满身，一把将他搂在怀里，充满爱怜。而杨过却暗运内功，全神戒备，还出言讽刺。在杨过与赵志敬的争执中，郭靖也是处处像对待子侄一样呵护他，并再次向黄蓉提出要把郭芙许配给杨过。郭靖的这些言行，使杨过感受到了郭靖对他的期望与厚意，关爱与温暖。

当杨过和小龙女为了刺杀郭靖来到襄阳城再次与郭靖见面时，郭靖大喜过望，抢出门去迎接。他推掉了襄阳守将吕文德的宴请，设家宴为杨过和小龙女接风，晚上还与杨过同榻而眠。睡觉前的一番话，令杨过凛然动容，肃然起敬。郭靖先是赞扬杨过力抗金轮法王，救了黄蓉、郭芙和武氏兄弟，随后介绍了当时襄阳城强敌压境、危如累卵的形势以及蒙古军队的残暴，最后他说："我辈练功学武，所为何事？行侠仗义、济人困厄固然乃是本分，但这只是侠之小者。江湖上所以称我一声'郭大侠'，实因敬我为国为民、奋不顾身的助守襄阳。然我才力有限，不能为民解困，实在愧当'大侠'两字。你聪明智慧过我十倍，将来成就定然远胜于我，这是不消说的。只盼你心头牢牢记着'为国为民，侠之大者'这八个字，日后扬名天下，成为万民敬仰的真正大侠。"④郭靖说这一番话时，诚挚恳切，神色庄严，激起了杨过对蒙古侵略者的满腔愤怒，想起郭靖对自己一直以来的关怀和期望，更加敬佩郭靖的为人，也动摇了要刺杀郭靖为父报仇的决心，使杨过在襄阳多次助郭靖抗敌，并救郭靖于危难之地。

为了救武氏兄弟，郭靖和杨过深入蒙古大营，在杨过的帮助下，郭靖重伤而回。而金轮法王又追到了襄阳城中。"郭靖脸色微变，顺手一拉黄蓉，想将她藏于自己身后。黄蓉低声道：'靖哥哥，襄阳城要紧，还是你我的情爱要紧？是你的身子要紧还是我的身子要紧？'郭靖放开了黄蓉的手，说道：'对，国事为重！'黄蓉取出竹棒，拦在门口。"⑤

"郭靖夫妇适才短短对答的两句话，听在杨过耳中，却宛如轰天霹雳般惊心动魄。他决意相助郭靖，也只是为他大仁大义所感，还是以死报知己的想头，此时突听到'国事为重'四字，又记起郭靖日前在襄阳城外所说'为国为民，侠之大者''鞠躬尽瘁，死而后已'那几句话，心胸间陡然开朗，眼见他夫妻俩相互情义深重，然而临到危难之际，处处以国为先，自己却念念不忘与小龙女两人的情爱，几时有一分想到国家大事？有一分想到天下百姓的疾苦？相形之下，真是卑鄙极了。霎时之间，幼时黄蓉在桃花岛上教他读书，那些'杀身成仁，舍生取义'的语句，在脑海里变得清晰异常，不由得又是汗颜无地，又是志气高昂。眼见强敌来袭，生死存亡系乎一线，许多平时从来没有想到、从来不理会的念头，这时突然间领悟得透彻无比。他心志一高，似乎全身高大起来，脸上神采焕发，宛似换了一个人一般。"⑥

杨过真的换了一个人，在帮助郭靖抗击蒙古入侵，守住襄阳后，在等待小龙女的 16 年里，行侠仗义，除暴安良，侠名远播，人人敬仰。黄河风陵渡口，风雪肆虐之夜，神雕大侠的故事就如陈年老酒般温暖着山河破碎之时颠沛流离的行人。

---

①金庸.神雕侠侣[M].广州：广州出版社，2015：38.
②金庸.神雕侠侣[M].广州：广州出版社，2015：687.
③金庸.神雕侠侣[M].广州：广州出版社，2015：684.
④金庸.神雕侠侣[M].广州：广州出版社，2015：686.
⑤金庸.神雕侠侣[M].广州：广州出版社，2015：741.
⑥金庸.神雕侠侣[M].广州：广州出版社，2015：742.

思考与讨论

1. 杨过是如何去邪扶正的？

2. 个人和国家之间是一种什么关系？如何处理个人利益与国家利益之间的关系？

拓展与积累

　　生在武侠世界里，大侠们练武不仅是为了强身健体，还救难济困、除暴安良，维护公平正义，在国家民族危难关头更要挺身而出，保家卫国。《礼记·大学》中有一段话："古之欲明明德于天下者，先治其国；欲治其国者，先齐其家；欲齐其家者，先修其身；欲修其身者，先正其心；欲正其心者，先诚其意；欲诚其意者，先致其知，致知在格物。物格而后知至，知至而后意诚，意诚而后心正，心正而后身修，身修而后家齐，家齐而后国治，国治而后天下平。"

　　这段话的意思是：古代那些要想在天下弘扬光明正大品德的人，先要治理好自己的国家；要想治理好自己的国家，先要管理好自己的家庭和家族；要想管理好自己的家庭和家族，先要修养自身的品性；要想修养自身的品性，先要端正自己的思想；要端正自己的思想，先要使自己的意念真诚；要想使自己的意念真诚，先要使自己获得知识，获得知识的途径在于认识研究万事万物。通过对万事万物的认识研究，才能获得知识；获得知识后，意念才能真诚；意念真诚后，心思才能端正；心思端正后，才能修养品性；品性修养后，才能管理好家庭家族；家庭家族管理好了，才能治理好国家；治理好国家天下才能太平。

16

沟通与分享

　　在抗击新冠肺炎病毒期间，全国许多地方封城封村，限制了人们的出行自由。绝大多数中国人遵守国家号令，宅家战"疫"，但也有极少数人口出怨言，有人出国旅游后回来不申报、不隔离，成了病毒感染源，把病毒传播给一大批人，增加了当地政府的抗疫压力。你想对他们说些什么？

如果说郭靖的武学教育是完整而良好的，那么，武当派开山鼻祖张三丰青少年时期所受的武学教育则是懵懂而零碎的。

张三丰原名张君宝，本是少林寺看管经书的和尚觉远的俗家弟子，自幼在藏经阁洒扫晒书。觉远和尚虽然是少林寺僧人，却完全不会少林武功。因为监管藏经阁，所以每部经书都要看上一看，在《楞伽经》的夹缝中发现《九阳真经》，也只当是寻常的佛经。经上的高深武功，在他看来不过是健身强体、易筋洗髓的法门，于是就一一勤加练习。数十年来，只练得内力强劲无比，武功招数却一点不会。在张君宝六七岁的时候，觉远也拣些容易的健身法门教给他，几年后，张君宝的内力已相当充沛，但拳脚枪棒等招数还是一点不会。

张君宝十二三岁时，夹着《九阳真经》的《楞伽经》被盗，觉远师徒追拿盗贼到了华山。在华山之巅遇到了东邪、西狂、南僧、北侠、中顽童等人，西狂神雕大侠杨过传了他三招武功：推心置腹、四通八达、鹿死谁手。三年后，张君宝遇到郭襄，获赠一对铁罗汉，他从这对铁罗汉身上自学了一套少林寺的入门功夫罗汉拳。少年时张君宝的武学修为，仅此而已。

张君宝的人生转折点是他用自学的罗汉拳打败了给少林传信又趁机挑战少林武功的"昆仑三圣"何足道。身为少林俗家弟子的张君宝不知道自学少林武功会触犯戒律，他师父觉远和尚却深知触犯这条戒律的严重后果——非死即残，就用两只铁水桶分别兜起张君宝和郭襄逃出了少林寺。少林和尚一路追捕，觉远挑着水桶一路狂奔，直跑得精疲力竭。

张君宝的真正武学研修始于觉远圆寂前念诵的夹杂《楞伽经》的《九阳真经》。"郭襄睡到半夜，忽听得觉远喃喃自语，似在念经，当即从朦胧中醒来，只听他念道：'……彼之力方碍我之皮毛，我之意已入彼骨里。两手支撑，一气贯穿……'悄悄坐起，倾听经文，暗自记忆……月光之下，忽见张君宝盘膝而坐，也在凝神倾听。"①

觉远圆寂后，张君宝顿觉天地茫茫竟无安身之处。郭襄建议他到襄阳去找郭靖，他走到半路听到一对年轻夫妻的对话，却毅然改变了主意。

扫码看大侠

"但听那妇人说道：'你一个男子汉大丈夫，不能自立门户，却去傍依姐姐和姐夫，没来由的自己讨这场羞辱。咱俩又不是少了手脚，自己干活儿自己吃饭，青菜萝卜，粗茶淡饭，何等逍遥自在？偏是你全身没根硬骨头，当真枉生于世间了。'那男子'嗯、嗯'数声。那妇人又道：'常言道得好：除死无大事，难道非依靠别人不可？'"②

"那妇人这番话，句句都打进了张君宝心里……他望着这对乡下夫妻的背影，呆呆出神，心中翻来覆去，尽是想着那农妇这几句当头棒喝般的言语。只见那汉子挺了挺腰板，不知说了几句什么话，夫妻俩大声笑了起来，似乎那男子已决意自立，因此夫妻俩同感欢悦……言念及此，心意已决，当下挑了铁桶，便上武当山去，找了个岩穴，渴饮山泉，饥餐野果，孜孜不歇的修习觉远所授的九阳真经……十余年间竟然内力大进，其后多读道藏，于道家炼气之术更深有心得。某一日在山间闲游，仰望浮云，俯视流水，张君宝若有所悟，在洞中苦思七日七夜，猛地里豁然贯通，领会了武功中以柔克刚的至理，忍不住仰天长笑。这一番大笑，竟笑出了一位承先启后、继往开来的大宗师……后来北游宝鸣，见到三峰挺秀，卓立云海，于武学又有所悟，乃自号三丰，那便是中国武学史上不世出的奇人张三丰。"③

如果把张君宝的开宗立派看作是自主创业，那么他的创业过程能给你什么启示呢？

创业首先得有决心。张君宝的决心起源于那位年轻农妇的话，农妇真是高人，不但劝得她丈夫自立门户，还一言激出一位不世出的武学大宗师来。大丈夫男子汉岂能寄人篱下！这当头棒喝般的语言，立刻使张君宝下了自主创业的决心。当一个人自己下不了决心的时候，师友的指点和激励非常重要。

创业更得有坚强的意志。创业是艰难的，会有许多挫折和磨难，需要长时间的坚守。十几年一个人渴饮山泉，饥餐野果，还孜孜不歇地修习武功、读道藏、苦思冥想，需要有多么坚韧不拔的性格和持之以恒的毅力。一个人只有不计艰苦、不畏困难、不惧失败、顽强进取，才能守得云开见日出。

创业也得有一定基础。如果仅凭默记觉远圆寂前所念的经文，而没有之前十来年修习《九阳真经》中健身强体、易筋洗髓的法门的积累，张君宝还能不能自创武当派的武功？因此，创业得有一定的基础，包括知识、资金、人脉以及对行业的熟悉程度，机会是留给有准备的人的。

创业的关键得有能力。如果张君宝不能理解和领悟觉远所传的《九阳真经》的含义，如果不能结合道藏融会贯通，如果不能从行云流水中得到灵感，他还能创出以柔克刚的内家功夫吗？要创业必须得有洞察力、决策力和执行力。

创业还得有机遇。如果张君宝一直跟随着觉远和尚，以后很有可能接过觉远的衣钵，成为少林寺藏经阁的监管。逃离少林寺，看似从顺境陷入了逆境，实则是挑战中产生了机遇。如果他听从郭襄的话投奔郭靖，就算成为郭靖的徒弟，也许会和郭靖一起战死襄阳。下定决心要改变自己的那一刻，也许就给自己创造了新的机遇。天上不会掉馅饼，创业的机会要靠自己去创造。

①金庸.倚天屠龙记 [M].广州：广州出版社，2015：58-59.
②金庸.倚天屠龙记 [M].广州：广州出版社，2015：61.
③金庸.倚天屠龙记 [M].广州：广州出版社，2015：62.

1. 我国历史上确有张三丰其人，你还知道他的哪些事迹和故事？

2. 张三丰之所以能开宗立派，你认为有哪些因素发挥着积极的作用？

　　2013 年五四青年节，习近平在给北京大学学生的回信中写道：中国梦是国家的梦、民族的梦，也是包括广大青年在内的每个中国人的梦。"得其大者可以兼其小"。只有把人生理想融入国家和民族的事业中，才能最终成就一番事业。

　　青年时代是多梦的时代，年轻人要勇敢追梦，努力圆梦。要使梦想成为现实，首先要认识自我，了解社会，确立人生奋斗目标；其次，要规划好奋斗的路径，对困难和挑战要有充分地预设；最后，要认真学习，储备知识，培养能力。追梦路上，遇到困难和挫折在所难免，坚强的意志是圆梦的有力保障，因此，平时还要进行意志力的锻炼。

21

　　向你的同学、朋友、家人说一说你的梦想和人生规划。

4. 张三丰：开宗立派，百世流芳

"天池怪侠"袁士霄是《书剑恩仇录》中红花会新任总舵主陈家洛的师父，自创"百花错拳"。陈家洛是袁士霄唯一的徒弟，深得"百花错拳"的精髓。"百花错拳"是一门什么样的武功呢？

"只见陈家洛擒拿手中夹着鹰爪功，左手查拳，右手绵掌，攻出去是八卦掌，收回时已是太极拳，诸家杂陈，乱七八糟，旁观者人人眼花缭乱。"①这是陈家洛在与铁胆庄庄主周仲英比试时所展现的"百花错拳"。

铁胆庄庄主周仲英是西北武林的领袖人物，为人仗义疏财，武功高强。身经百战的他在初出茅庐的陈家洛的"百花错拳"的攻击之下，拳法大见散乱，只能护住面门，连连倒退。太极名家、红花会的三当家赵半山对这位年轻的总舵主也是非常佩服："总舵主拳法精妙，与铁胆周老英雄比武时已经见过，哪知他轻功也如此不凡，不知他师父天池怪侠在十年之间，如何调教出来。"②

"天池怪侠"袁士霄如何调教陈家洛，书中没有描写，但他是如何自创"百花错拳"的书中却有交代。"袁士霄少年时钻研武学，颇有成就，后来遇到一件大失意事，性情激变。发愿做前人所未做之事，打前人所未打之拳，于是遍访海内名家，或学师，或偷拳，或挑斗踢场而观其招，或明抢暗夺而取其谱，将各家拳术几乎学了个全，中年后隐居天池，融通百家，别走蹊径，创出了这路'百花错拳'。这拳法不但无所不包，其妙处尤在于一个'错'字，每一招均和各派祖传正宗手法相似而实非，一出手对方以为定是某招，举手迎敌之际，才知打来的方位手法完全不同，其精微要旨在于'似是而非，出其不意'八字。旁人只道拳脚全打错了，岂知正因为全部打错，对方才防不胜防。须知既是武学高手，见闻必博，所学必精，于诸派武技胸中早有定见，不免'百花'易敌，'错'字难当。"③

一件大失意事，激出了一门天下无双的拳法，这是一件什么事呢？金庸先生在书中没有明说，但读者都明白：袁士霄与天山双鹰之一的关明梅从小青梅竹马，长大后互生情愫，但因一件小事而起争执，袁士霄远走漠北，音讯全无。十多年后只身归来，关明梅已与陈正德结婚，因而失意。袁士霄虽然在感情上失意，

扫码看大侠

却激发了他在武学上"做前人所未做之事，打前人所未打之拳"的宏愿。

失意之时，逆境之中，难免使人心灰意冷，意志消沉，有些人甚至会破罐子破摔，自暴自弃，走向自我毁灭。但失意和逆境往往更能激发人的坚强意志和创新潜质，这样的例子历史上不胜枚举。大家耳熟能详的有"文王拘而演《周易》，孔子厄而作《春秋》，左丘失明，厥有《国语》……"

逆境，也许只是一块试金石，也许就是一个难得的机遇。只要在逆境中奋进，阳光就在前方。

①金庸.书剑恩仇录[M].广州：广州出版社，2015：110.
②金庸.书剑恩仇录[M].广州：广州出版社，2015：236.
③金庸.书剑恩仇录[M].广州：广州出版社，2015：110.

思考与讨论

1. 袁士霄自创"百花错拳"的经历给了你什么启示？

2. 人生不可能一帆风顺，如果你碰到失意之事、处于逆境之中，你会怎么做？

拓展与积累

面对逆境，下面的方法也许对你有用：

1. 想一想塞翁失马的故事，以平常心对待逆境；

2. 如果逆境给你带来一些负面情绪，请冷静一下，谨言慎行；

3. 找一找使你处于逆境的原因，分析一下这些原因是否可以改变；

4. 如果通过努力可以改变现状，何不试一试？

5. 把逆境当作你学习和磨炼的机会；

6. 改变一下目标或路径，也许别有洞天。

沟通与分享

1. 在网络上搜索有关正确面对逆境的名言警句，摘录你最喜欢的，分享给你的同学、朋友或家人。

2. 你的身边（或你所知道的）有在逆境中奋起的案例吗？向你的同学、朋友、家人分享吧。

5. 袁士霄：另辟蹊径，别有洞天

6.

胡斐：自学成才，嫉恶如仇

胡斐刚一出生就父母双亡，由旅店的小伙计平阿四带着四处漂泊。

平阿四丁点武功都不会，但保存了胡斐父亲胡一刀遗留的《胡家拳经刀谱》。这本《胡家拳经刀谱》被跌打医生阎基撕去了前面两页，阎基就凭着这两页拳经刀谱，练成了十几招拳脚功夫，居然能称雄武林，连百胜神拳马老镖头都败在他的手下。

等胡斐长到可以练武的时候，平阿四就督促他照着《胡家拳经刀谱》修习。但是"这本拳经刀谱本来少了头上两页，缺少了扎根基的入门功夫，缺了拳法刀法的总诀，于是不论他多么聪明用功，总是不能入门。"①

机缘巧合，胡斐叔侄漂泊到商家堡时，见到了阎基、田归农和苗人凤。借着苗人凤的威望，平阿四从阎基手里要回了《胡家拳经刀谱》的开头两页。从此以后，胡斐每天半夜里，都悄悄溜出庄去，在荒野里练拳练刀。由于有了总诀的指导，又有了基础功夫，他练得更加热切，想得更加深刻，对家传的武功渐渐地融会贯通了。后经赵半山和苗人凤两位名家的指点，终于成长为一流高手。

胡斐从小就具侠义心肠，而且嫉恶如仇。在商家堡，胡斐与千里追缉叛徒的赵半山偶遇，两人之间的一番话，就反映出他的这种品性。

"他转过身子，负手背后，仰天叹道：'一个人所以学武，若不能卫国御侮，也当行侠仗义，济危扶困。若是以武济恶，那是远不如作个寻常农夫，种田过活了。'这几句其实也是说给胡斐听的，生怕他日后为聪明所误，走入歧途。他一生之中，从未见过胡斐这等美质，心中对之爱极，自忖此事一了，随即西归回疆，日后未必再能与之相见，因此传授上乘武学之后，复谆谆相诫，劝其勉力学好。

胡斐如何不懂他言中之意，大声喝道：'姓陈的，一个人做了恶事，就算旁人不问，也不如自尽了的好，免得玷污了祖宗的英名。'他这几句其实是答复赵半

扫码看大侠

山的。赵半山极是喜慰，转头望着他，神色甚是嘉许。胡斐眼中却满是感激之情。"②

　　胡斐学成《胡家拳经刀谱》中的武功后，一个人四海为家，到处行侠仗义，扶危济困。在路过广东佛山时，胡斐遇到了一件令人发指的不平之事。当地有一恶霸名叫凤天南，号称"南霸天"，是五虎派的掌门人。为了扩建宅园便想强买邻居钟阿四家的菜园，这菜园是钟阿四一家五口赖以生活的祖业，自是不肯出让。凤天南就诬陷钟家两个儿子偷吃了他家的肥鹅，并勾结官府抓钟阿四入狱，打得他遍体鳞伤。钟四嫂伸冤无门，为证清白，就拖着只有四岁的小儿子，叫上左邻右舍，一齐到祖庙，在北帝神像前用菜刀剖开了小儿子的肚子。

　　胡斐听了此事气愤难当，决计为钟阿四一家讨回公道。无奈初涉江湖，不懂鬼蜮伎俩，正要以其人之道还治凤天南父子之身时，被人骗离现场。凤天南父子趁机杀死钟阿四一家三口，逃离佛山。胡斐发誓要为钟家报仇，就一路追踪到北京。

　　凤天南自知罪孽深重，为求活命，便想以金钱收买胡斐，赠送良田华屋给他，被胡斐断然拒绝。在北京，鹰爪雁行门的掌门大师兄周铁鹪等人与胡斐曲意交往，言语之间多有抬举，赌博之时故意输给他豪宅和大量金银，低声下气地求他饶过凤天南。

　　胡斐软硬不吃，大义凛然说道："这姓凤的在广东作威作福，为了谋取邻舍一块地皮，将人家一家老小害得个个死于非命。我胡斐和钟家非亲非故，但既然伸手管上了这件事，便跟这姓凤的恶棍誓不并存于天地之间。"③

　　袁紫衣是胡斐心仪的美貌女子，因凤天南是她亲生父亲的缘故，也向胡斐软语央求。胡斐虽有踌躇，但还是不允。所以金庸先生说他为了正义"不为美色所动，不为哀恳所动，不为面子所动"④。这比"富贵不能淫，贫贱不能移，威武不能屈"更为难得。

①金庸.飞狐外传[M].广州：广州出版社，2015：62.
②金庸.飞狐外传[M].广州：广州出版社，2015：116.
③金庸.飞狐外传[M].广州：广州出版社，2015：416.
④金庸.飞狐外传[M].广州：广州出版社，2015：660.

1. 在武侠世界里，大侠们崇尚行侠仗义、快意恩仇。在当今的法治社会，你认为应该怎样维护公平正义？

2. 校园霸凌事件时有发生，如果你碰到这类事情，你会怎么办？

拓展与积累

　　我国《刑法》第二十条规定：为了使国家、公共利益、本人或者他人的人身、财产和其他权利免受正在进行的不法侵害，而采取的制止不法侵害的行为，对不法侵害人造成损害的，属于正当防卫，不负刑事责任。

　　见义勇为，与违法犯罪行为做斗争既是中华民族的优良传统，也是中国公民的义务。当碰到有歹徒进行抢劫、敲诈、行凶等违法犯罪行为时，既要挺身而出，又要沉着机智，以下几点谨记。

　　1. 要抓住时机，及时报警。

　　2. 要善于观察，记住歹徒的身高、衣着、口音、行为举止等特征，为公安机关提供线索。

　　3. 在歹徒逃离后，要注意保护现场。

　　4. 在确保自身安全和有利条件的情况下，机智勇敢地同歹徒作斗争，力争制止违法犯罪行为。

　　5. 善于发动围观群众，对歹徒形成威慑，或共同制服歹徒。

29

沟通与分享

　　如果有好朋友拉着你去干违法犯罪或者不道德的事情，你会怎么应对？向你的同学、朋友或者家人分享一下你的观点和策略。

6. 胡斐：自学成才，嫉恶如仇

令狐冲学会了"独孤九剑"后，剑法几乎无敌于天下，后又得少林寺方丈方证大师的指点练就了《易筋经》，不但治好了内伤，内力也与日俱增。因此，他的武功十分高超。那么，他的德行如何呢？

初读《笑傲江湖》，感觉令狐冲似乎是一个口无遮拦、放荡不羁的"问题青年"。他好酒，闻到酒香，居然向叫花子讨酒喝，还耍赖，一口气把一大半壶"猴儿酒"喝了个底朝天。只因听不惯"英雄豪杰，青城四秀"的名号，就挑衅地称他们为"狗熊野猪，青城四兽"。将侯人英、洪人雄踢下酒楼后，又嘲笑他们的武功招式为"屁股向后平沙落雁式"，简直是无事生非。但读完全篇，才知道他是一位质朴善良、助人为乐、见义勇为，追求自由和个性解放的品德高尚之人。

令狐冲从田伯光手上救出仪琳的事，由仪琳娓娓道来，听者莫不称赞他有勇有谋、有胆有识。定逸师太从怨怪到感激，其他武林人士由惊疑到佩服，虽然感觉令狐冲的语言不免粗俗，还与田伯光称兄道弟，但大家都明白那是为了对付田伯光而救仪琳的权宜之计。

令狐冲是孤儿，从小由岳不群夫妇养大并收为大弟子，对华山派有极深的感情，对岳不群夫妇更是敬爱有加。令狐冲性格豪放不羁，率性而为，以致被岳不群认为是结交妖孽，自甘与匪人为伍，且屡教不改，不得不逐出师门。当令狐冲看到岳不群写给方证大师的"逐徒信"时，顿时感到天旋地转，摔倒在地。醒来后放声大哭，泪流满面。

此刻，令狐冲的心里并没有责怪岳不群，而是感恩师门，反省自己，"想起师恩深重，师父师娘于自己向来便如父母一般，不仅有传艺之德，更兼有养育之恩，不料自己任性妄为，竟给逐出师门，料想师父写这些书信时，心中伤痛恐怕更在自己之上。一时又是伤心，又是惭愧，恨不得一头便即撞死"①。

修炼《易筋经》是武林人士梦寐以求的事，对令狐冲来说，不但可以疗伤救命，还可以使他的武功更上一层楼。方证大师有意收他为徒，传授《易筋经》给他，他却拒绝了。令狐冲为什么要拒绝方证大师的善意呢？"令狐冲心想：'此时我已无路可走，

扫码看大侠

倘若托庇于少林派门下不但能学到神妙内功，救得性命，而且以少林派的威名，江湖上确是无人敢向方证大师的弟子生事。'但便在此时，胸中一股倔强之气，勃然而兴，心道：'大丈夫不能自立于天地之间，腆颜向别派托庇求生，算什么英雄好汉？江湖上千千万万人要杀我，就让他们来杀好了。师父不要我，将我逐出了华山派，我便独来独往，却又怎地？'言念及此，不由得热血上涌。"②毅然拜别方证大师，走出少林寺。

令狐冲不但拒绝了方证大师，更是两次拒绝任我行。在令狐冲帮助向问天从西湖底黑牢中救出任我行后，任我行就邀请他加入日月神教，许以光明右使之职，令狐冲心中尚存重归华山门下之意，就拒绝了。后来，任我行重掌大权，意图一统江湖，又想拉他入伙。这次更直接，以"副教主"称呼令狐冲。此时，令狐冲已接任恒山派掌门，与任盈盈情深意重，正享受爱情的甜蜜，但身体却深受"化功大法"反噬之苦。如果令狐冲答应了，不仅可以得授化解"化功大法"反噬的内功心法，解除身体痛苦，顺利迎娶任盈盈，还可以成为任我行的接班人。但他看不惯任我行唯我独尊、肆意羞辱天下武林人士的行径，讨厌黑木崖上魔教教众的奴颜媚态，再次拒绝了。

令狐冲一拒方证大师，二拒任我行，却接受定闲师太的临终重托，接任恒山派的掌门人。令狐冲曾多次救助恒山派弟子，与她们共同抗敌，在三位前辈师太先后圆寂，恒山派处于生死存亡之际，令狐冲毅然挑起重担。为了维护恒山一派，将性命置之度外，方证大师称赞他"武林同道，无不钦仰"③。与妙龄尼姑，如花少女日夜相处，但始终以礼相待，连莫大先生也十分佩服，"似你这般男子汉、大丈夫，当真是古今罕有，我莫大好生佩服"④。

令武林同道钦仰，让江湖名宿佩服，还能与心爱的女子喜结连理，琴瑟和鸣，令狐冲真的是笑傲江湖了。

令狐冲之所以能笑傲江湖，不仅仅是因为他的武功高绝。

---

①②金庸. 笑傲江湖 [M]. 广州：广州出版社，2015：642.
③金庸. 笑傲江湖 [M]. 广州：广州出版社，2015：1422.
④金庸. 笑傲江湖 [M]. 广州：广州出版社，2015：898.

思考与讨论

1. 你怎么理解笑傲江湖？怎么才能做到笑傲江湖？

2. "任我行"真的可以如其名任"我"行吗？

拓展与积累

　　子曰：吾十有五而志于学，三十而立，四十而不惑，五十而知天命，六十而耳顺，七十而从心所欲，不逾矩。

　　明太祖朱元璋曾问大臣们：天下何人快活？群臣众说纷纭，有言金榜题名者快活，有言富甲天下者快活，有言功成名就者快活……朱元璋听后沉默不语。最后，老臣万钢说：畏法度者快活。朱元璋顿时大悦，夸奖他见解"甚独"。

沟通与分享

　　人人都喜欢自由快乐地生活，如何去追求这种生活呢？向你的同学、朋友或者家人分享你的想法。

武侠故事

少林寺藏经阁的一名无名老僧，出场时金庸先生是这样描写的："只见窗外走廊之上，一个身穿青袍的枯瘦僧人拿着一把扫帚正在弓身扫地。这僧人年纪不小，稀稀疏疏的几根长须已然全白，行动迟缓，有气没力，不似身有武功的模样。"①这样的一位老僧，竟然是大德高僧，不仅武功高绝，佛法精深，还善于化解恩怨，治病救人。

慕容博和萧远山是一对结仇三十年的冤家对头。慕容博为了复兴燕国，挑动宋辽武林人士相互残杀，捏造音讯，造成雁门关血案，致使萧远山的妻子无辜被杀。他们两人蛰伏少林寺，偷研少林绝技，一个为了伺机复国，一个为了寻找仇人。当萧远山（萧峰）父子得知慕容博就是杀妻（母）仇人，正要与慕容博（慕容复）父子血拼时，被无名老僧点化，一个醒了皇帝梦，一个消了心头恨，大彻大悟，双双皈依佛门。

首先，无名老僧点破了他们两人的行藏。慕容博和萧远山在少林寺隐藏三十年，自以为全寺僧人无人知悉，哪知道这无名老僧竟将他们在藏经阁偷借少林七十二绝技秘笈的过程一一点破，令他们大吃一惊。"萧远山听他随口道来，将三十年前自己在藏经阁中黄夜的作为说得丝毫不错，渐渐由惊而惧，由惧而怖，背上冷汗一阵阵冒将出来，一颗心几乎也停了跳动。"②

接着，无名老僧向他们阐明了佛法和武功的关系，并指出了练武的目的和刻意练武的危害。"那老僧道：'本派武功传自达摩老祖。佛门子弟学武，乃在强身健体，护法伏魔。修习任何武功之时，总是心存慈悲仁善之念。倘若不以佛学为基，则练武之时，必定伤及自身。功夫练得越深自身受伤越重……本寺七十二项绝技，每一项功夫都能伤人要害、取人性命，凌厉狠辣，大干天和，是以每一项绝技，均须有相应的慈悲佛法为之化解。须知佛法在求渡世，武功在求杀生，两者背道而驰，相互克制。只有佛法越高，慈悲之念越盛，武功绝技才能练得越多。'"③

然后，无名老僧指出了他们身上因强练少林武功而产生的病症。"那老僧向萧远山道：'萧居士，你近来小腹上"梁门""太乙"两穴，可感到隐隐痛么？'萧远山全身一凛，道：'神僧明见，正是这般。'那老僧又道：'你关元穴上的麻木不仁，近来却又

扫码看大侠

如何？'萧远山更是惊讶，颤声道：'这麻木处十年前只小指头般大一块，现下……现下几乎有茶杯口大了。'……'老施主之伤，乃因练少林派武功而起，欲觅化解之道，便须从佛法中去寻。'他说到这里，转头向慕容博道：'慕容老施主视死如归，自不须老衲饶舌多言。但若老衲指点途径，令老施主免除了阳白、廉泉、风府三处穴道上每日三次的万针攒刺之苦，却又何如？'慕容博脸色大变，不由得全身微微颤动。以他这等武功高深之士，当真耳边平白响起一个霹雳，丝毫不会吃惊，甚至连响十个霹雳，也只当是老天爷放屁，不予理会。但那老僧这平平淡淡的几句话，却令他心惊肉跳，惶惑无已。"④

最后，无名老僧让他们经历了生死轮回，从生死轮回中治病救人，体验死亡，感悟人生。那老僧先一掌拍死了慕容博，然后问萧远山：大仇人已经死于非命你有什么想法？"萧远山见那老僧一掌击毙慕容博，本来也是讶异无比，听他这么相问，不禁心中一片茫然，张口结舌，说不出话来……他斜眼向倚在柱上的慕容博瞧去，只见他脸色平和，嘴角边微带笑容，倒似死去之后，比活着还更快乐。萧远山内心反而隐隐有点羡慕他的福气，但觉一了百了，人死之后，什么都是一笔勾销。"⑤接着那老僧又一掌拍死了萧远山，提着两具尸体到了山上，让两尸面对面而坐，四手相握。自己则缓缓绕行，不时拍打他们的穴道。原来那老僧并没有真正打死他们，而是让他们"龟息"后，替他们疗伤。最后那老僧一声断喝："咄！四手互握，内息相应，以阴济阳，以阳化阴。王霸雄图，血海深恨，尽归尘土，消于无形！"⑥两人悠悠醒来，相对一笑，携手站起，一齐跪倒老僧面前要求剃度，并聆听佛法妙义。

至此，无名老僧的点化圆满成功。在这个过程中，老僧对萧峰的三次点赞，也起到了一定的促进作用。第一次是萧峰拒绝与慕容博合作瓜分大宋，老僧赞他有菩萨心肠。第二次是萧峰得知他父亲身上的疾病，求老僧救治，老僧赞他宅心仁善。第三次是萧峰误认为老僧打死了他父亲，用降龙十八掌向老僧攻击，被老僧化于无形，萧峰认错，老僧却赞他唯大英雄能本色。萧峰的言行和老僧对他的点赞，对萧远山和慕容博的转化是有积极的影响的。

①金庸．天龙八部[M]．广州：广州出版社，2015：1541．
②金庸．天龙八部[M]．广州：广州出版社，2015：1542．
③金庸．天龙八部[M]．广州：广州出版社，2015：1543-1544．
④金庸．天龙八部[M]．广州：广州出版社，2015：1547-1548．
⑤金庸．天龙八部[M]．广州：广州出版社，2015：1550-1551．
⑥金庸．天龙八部[M]．广州：广州出版社，2015：1554．

思考与讨论

1. 扫地僧是凭什么化解慕容博和萧远山之间的仇恨并治病救人的？

2. 如果你的两位要好同学（或朋友）之间产生矛盾，互不理睬，甚至发生了打架斗殴，你将怎么劝解？

拓展与积累

据《淮南子·厚道训》记载：从前，夏部落的首领鲧为了保卫部落，建造了三仞（八尺为一仞）高的城池。但是，城内的百姓却想离开，别的部落也对夏虎视眈眈，伺机攻占。后来，禹当了首领，发现这一情况后，就拆毁了城墙，填平了护城河，把财产分给大家，毁掉了兵器，用道德来教导人民。于是百姓安居乐业，各尽其职，别的部落也纷纷来归附。

沟通与分享

向你的同学、朋友或者家人说一说你对"人类命运共同体"的认识和想法。

8. 扫地僧：学养无涯，化人有方

独孤求败的剑冢中，埋着三把宝剑，刻着三句话，代表着他武学修为的三个境界。

第一把是青光闪闪的紫薇软剑，剑下石头上刻着："凌厉刚猛，无坚不摧。弱冠前以之与河朔群雄争锋。"①这把剑代表独孤求败武学修为的第一个境界：仗利剑，以刚猛凌厉的武功与河朔群雄一较雌雄。

第二把是黑黝黝的无锋重剑，重达七八十斤，两边剑锋都是钝口，剑尖像半个圆球。剑下的石刻是："重剑无锋，大巧不工。四十岁前恃之横行天下。"②此剑代表他武学修为的第二个境界：举重若轻，以拙胜巧。这样的武功可以横行天下了。

第三把是已经腐朽的木剑，旁边刻着："四十岁后，不滞于物，草木竹石均可为剑。自此精修，渐进于无剑胜有剑之境。"③"不滞于物"表示他的武学修为已经到了至高境界：举轻若重，以无剑胜有剑。这样的武功可以无敌于天下。

独孤求败是怎么通过不懈努力，达到武学至高境界的，我们不得而知。但我们可以梳理杨过在独孤求败的剑冢旁边，在神雕的帮助、引导和监督下，修炼成为顶尖高手的路径和方法。

独孤求败晚年隐居深山，以雕为友。死后，此雕为他衔石筑坟，不离不弃。此雕体态巨大，比人还高，形貌丑陋，羽毛疏落，但天生神力，颇有灵性。因杨过助其啄死巨蟒，所以对杨过很是友善，杨过称它为"雕兄"。

杨过与小龙女共同修习了古墓派和全真派的武功后，已是一流高手，两人双剑合璧可以轻松打败金轮法王。但在神雕眼里，当时杨过的武学修为还只能算是到了第一境界。于是，神雕便引导他修炼重剑功夫。

神雕先给杨过每天服食毒蛇胆囊，以增强他的功力，然后以双翅和尖喙为兵器给杨过喂招，陪他练习。让杨过在练习中熟悉重剑的特性，掌握重剑的剑法，感悟重剑的剑理。"如此练剑数日，杨过提着重剑时已不如先前沉重，击刺挥掠，渐感得心应手。同时越来越觉得以前所学剑术变化太繁，花巧太多，想到独孤求败在青石上所留'重剑无锋，大巧不工'八字，其中境界远胜世上诸般最巧妙的剑招，他一面和神雕搏击，一面凝思剑招的去势

回路，但觉越是平平无奇的剑招，对方越是难以抗御……过得月余，竟勉强已可与神雕惊人的巨力相抗，发剑击刺，呼呼风响，不自禁的大感欣慰。武功到此地步，便似登泰山而小天下。"④

神雕还逼迫杨过跳入山洪，以剑挑石，让他领悟顺刺、逆击、横削、倒劈的剑理。杨过稍有懈怠，神雕便挥翅拂他。杨过饿了，它就送上蛇胆充饥。终于，杨过领悟了独孤求败的重剑剑理，掌握了全部的重剑剑法，杨过的武功也随之进入第二境界。

后来，杨过为了等候小龙女，再次回到神雕身边，钻研木剑胜铁剑、无剑胜有剑的剑理和剑法，神雕引导他在大海怒涛中练习。"杨过日日在海潮之中练剑，日夕如是，寒暑不间。木剑击刺之声越练越响，到后来竟有轰轰之声，响了数月，剑声却渐渐轻了，终于寂然无声。又练数月，剑声复又渐响，自此从轻而响，从响转轻，反复七次，终于欲轻则轻，欲响则响……这时候杨过手仗木剑，在海潮中迎波击刺，剑上所发劲风已可与扑面巨浪相拒。"⑤至此，杨过木剑神技练成。

杨过在神雕的帮助、引导和督促下修炼重剑、木剑武功的过程和方法，也许就是独孤求败当年追求武学至高境界走过的路径和使用的法门。

①—③金庸.神雕侠侣[M].广州：广州出版社，2015：892.
④金庸.神雕侠侣[M].广州：广州出版社，2015：895.
⑤金庸.神雕侠侣[M].广州：广州出版社，2015：1116.

1. 独孤求败（或杨过）是如何修炼到武学至高境界的？

2. 你的人生目标是什么？你会如何去实现呢？

精益求精 浙千画

拓展与积累

　　晚清国学大师王国维在《人间词话》中也提出了干事业、做学问的三个境界。"古今之成大事业、大学问者，必经过三种之境界：'昨夜西风凋碧树，独上高楼，望尽天涯路。'此第一境也。'衣带渐宽终不悔，为伊消得人憔悴。'此第二境也。'众里寻他千百度，蓦然回首，那人却在灯火阑珊处。'此第三境也。"只有经过排除干扰、立志高远的第一境界和孜孜以求、无怨无悔的第二境界，才能到达豁然贯通、顿悟大道的第三境界。

　　无论是练武功、做学问还是干事业，道理都是一样的，必须要有理想和目标，只有朝着理想和目标不畏困苦，努力拼搏，才能有所成就。

沟通与分享

　　你最喜欢的名人（伟人、明星）是谁？他（她）有过怎样的奋斗历程？向你的同学、朋友或者家人说一说他（她）的奋斗故事。

9. 独孤求败：追求不懈，至高境界

修身篇

"男子汉大丈夫，第一论人品心肠，第二论才干事业，第三论文学武功。脸蛋儿俊不俊，有什么相干？"①知道这句话是谁说的吗？

这句话出自《天龙八部》中王语嫣之口，可见在"神仙姐姐"王语嫣的心目中，人品德行是评价一个人的首要条件。在金庸的武侠世界里，武德一直是被江湖儿女所推崇的。

在《飞狐外传》中，韦陀门的掌门人万鹤声因中风突然去世，没有留下遗言让谁接任掌门，他的三位徒弟互不相服，要通过比武，以武功高低定掌门。哪知袁紫衣要抢夺韦陀门的掌门令牌，以似是而非的韦陀门功夫打败了万鹤声的三位徒弟。眼看着韦陀门的掌门令牌要落入袁紫衣手中了，万鹤声的师兄刘鹤真却提出了异议。

"刘鹤真道：'第一，韦陀门的掌门，该由本门真正的弟子来当。第二，不论谁当掌门，不许趋炎附势，到京里结交权贵。我们是学武的粗人怎配跟官老爷们交朋友哪？'他一双三角眼向众人横扫一眼，说道：'第三，以武功定掌门，这话先就不通，不论学文学武，都是人品第一。若是一个卑鄙小人武功最强，大伙儿也推他做掌门么？'此言一出，人群中便有许多人暗暗点头，觉得他虽然行止古怪，形貌委琐，说的话倒颇有道理。"②

在《射雕英雄传》中，丘处机与"江南七怪"的赌约，他是输得心服口服，因为他所教的徒弟杨康是一个贪图富贵、不忠不孝、无义无耻的阴险狠毒之人。他多次说道："咱们学武之人，品行心术居首，武功乃是末节，贫道收徒如此，汗颜无地。嘉兴醉仙楼比武之约，今日已然了结，贫道甘拜下风。"③"人生在世，文才武功都是末节，最要紧的是'忠义'二字，就算杨康武艺胜你百倍，论到人品，醉仙楼的比武还是你师父胜了。嘿嘿，丘处机当真输得心服口服啊。"④

在金庸武侠小说中，碰到争夺掌门、盟主之位时，也常常是通过比武或打擂，由武功高低来决定的。但妄想使用阴毒计谋以

扫码看大侠

10.
王语嫣论人：江湖儿女首重德

武力称霸武林者都没有好的下场，如《倚天屠龙记》中的周芷若，《笑傲江湖》中左冷禅、岳不群、任我行等人。真正的大英雄应该是如郭靖所说的"自来英雄而为当世钦仰，后人追慕，必是为民造福、爱护百姓之人，以我之见，杀得人多却未必算是英雄"。⑤

关于武功和武德，金庸先生在他的小说中也借老顽童的口亮出他的观点。"周伯通道：'这道理本来是明白不过的，可是我总想不通。师哥当年说我学武的天资聪明，又是乐此不疲，可是一来过于着迷，二来少了一付救世济人的胸怀，就算毕生勤修苦练，终究达不到绝顶之境。当时我听了不信，心想学武自管学武，那是拳脚兵刃上的功夫，跟气度识见又有什么关系？这十年来却不由得信了。兄弟，你心地忠厚，胸襟博大，只可惜我师哥已经逝世，否则他见到你一定喜欢，他那一身盖世武功，必定可以尽数传给你了'。"⑥

如王重阳所说、周伯通所悟：修德和习武是可以相得益彰的。

46

① 金庸.天龙八部[M].广州：广州出版社，2015：455.
② 金庸.飞狐外传[M].广州：广州出版社，2015：193.
③ 金庸.射雕英雄传[M].广州：广州出版社，2015：374.
④ 金庸.射雕英雄传[M].广州：广州出版社，2015：1127.
⑤ 金庸.射雕英雄传[M].广州：广州出版社，2015：1327.
⑥ 金庸.射雕英雄传[M].广州：广州出版社，2015：570.

思考与讨论

1. 王重阳说，如果练武者少了一副救世济人的胸怀，就算毕生勤修苦练，终究达不到绝顶之境。你怎么看？

2. 孙悟空有两位师父，一位是授业恩师菩提老祖。孙悟空凭着菩提老祖传授的技艺既可以对抗天庭大闹天宫，又可以保护唐僧降妖除魔。另一位就是解救他于五行山并带他至西天取经的唐僧，可以称之为传道导师。你认为哪位师父对孙悟空更重要？

拓展与积累

　　黄解放先生在《当今学校人才培育缺少什么》一文中记录了这样一件事：有一名记者曾采访一位诺贝尔奖获得者，问："您在哪所大学学到了您认为最重要的东西？"那位诺贝尔奖获得者平静地回答："在幼儿园。"记者接着问："您在幼儿园学到了什么呢？"诺贝尔奖获得者说："学到把自己的东西分一半给小伙伴；不是自己的东西不要拿；东西要放整齐；饭前便后要洗手；要诚实，不撒谎；打扰了别人要道歉；做错了事要改正；大自然很美，要仔细观察大自然。我一直是按幼儿园老师教的去做的。"

沟通与分享

　　学习渊博的知识和养成高尚的品德之间有什么关系？把你的观点分享给你的同学、朋友和家人吧。

《倚天屠龙记》中的张无忌中了玄冥掌的阴寒之毒，命悬一线。因他是武当五侠张翠山遗孤，祖师爷张三丰千方百计要救他性命。

起初，张三丰及其弟子宋远桥等六人，轮流抱着张无忌，前胸贴他的后背，以"纯阳无极功"吸取他体内的阴寒毒气，再运功加以化解。哪知，三十六天后，寒毒再也无法吸出，张无忌虽然手脚已暖，但头顶、胸口、小腹三处却越来越冷。

"张三丰和众徒走到厅上，叹道：'寒毒侵入他顶门、心口和丹田，非外力所能解，看来咱们这三十几天的辛苦全是白耗了。'沉吟良久，心想：'要解他体内寒毒，旁人已无可相助，只有他自己修习《九阳真经》中所载至高无上的内功，方能以至阳化其至阴。但当时先师觉远大师传授经文，我所学不全，至今虽闭关数次，苦苦钻研，仍只能想通得三四成。眼下也只好教他自练，能保得一日性命，便是多活一日。'当下将"九阳神功"的练法和口诀传了无忌。

张无忌依法修炼，练了两年有余，丹田中的氤氲紫气已有小成，可是体内寒毒胶固于经络百脉之中，非但无法化除，反而脸上的绿气日甚一日，每当寒毒发作，所受的煎熬也是一日比一日更厉害。在这两年之中，张三丰全力照顾无忌内功进修，宋远桥等到处为他寻找灵丹妙药，什么百年以上野山人参、成形何首乌、雪山茯苓等珍奇灵物，也不知给他服了多少，但始终如石大海。"①

后来，张无忌被朱长龄逼进了昆仑山的一个幽谷，因给一只老年的白猿治疮，在这只白猿腹中得到四册完整的《九阳真经》。这四册《九阳真经》是潇洒子和尹克西从少林寺藏经阁觉远大师处盗出，为求脱身，抓住一只白猿，割开肚腹把经书缝了进去。这两人互不信任，勾心斗角，最后互施暗算，两败俱亡，经书就留在了白猿腹中。

扫码看大侠

张无忌得到《九阳真经》后，就从头开始修习，饥了采野果为食，倦了与猿猴为戏，无忧无虑，自由自在。"幽谷中岁月正长，今日练成也好，明日练成也好，都无分别，就算练不成，总也是打发了无聊的日子。他存了这个成固欣然、败亦可喜的念头，居然进展奇速，只短短四个月时光，便已将第一卷经书上所载的功夫尽数参详领悟，依法练成。"②到第二册的一小半时，体内的玄冥阴毒就被驱赶得无影无踪。

外力无效，药石无功，只有自身纯阳内力强劲，才能治病驱魔。张三丰的这一救治策略，既符合中医理论，又蕴藏着中国古代的哲学思想，即固本培元，百邪不侵。现代医学也证明，只要自身免疫系统足够强大，内可以消解体内垃圾和毒素，外可以消灭入侵的细菌和病毒，能使人百病不生。因此，治病防病，固本培元是根本。

治病救人是如此，人的成长也是如此。固本培元，自强不息。自强，既利于消化、吸收，促进自身成长，又利于运用、创造，服务社会创造价值。就像张无忌，精通"九阳神功"和"乾坤大挪移"。"九阳神功"令他内力充沛，"乾坤大挪移"令他运用自如。

50

①金庸.倚天屠龙记[M].广州：广州出版社，2015：343-344.
②金庸.倚天屠龙记[M].广州：广州出版社，2015：541.

思考与讨论

张无忌会的"九阳神功"和"乾坤大挪移"，这两门武功各有什么特点？对你的成长有什么启示？

刚柔相济 浙子画

拓展与积累

《周易·象传》：天行健，君子以自强不息。

《礼记·学记》：虽有佳肴，弗食不知其旨也；虽有至道，弗学不知其善也。是故，学然后知不足，教然后知困。知不足然后能自反也，知困然后能自强也。

确定高远的目标，努力学习，培养能力，加强修养，并在实践中运用、反思，及时总结经验教训，发扬优点和特长，改正缺点，补不足，如此循环，不断提升。正如《礼记·中庸》所说的：博学之，审问之，慎思之，明辨之，笃行之。

沟通与分享

向你的同学、朋友和家人分享一下你所知道的自强不息的故事或案例。

11.
张无忌疗伤：修身根本是自强

武侠故事

《侠客行》中玄素庄黑白双剑石清、闵柔夫妇有两个儿子，长子石中玉，次子石中坚。闵柔的情敌梅芳姑强行掳走石中坚后，送回一具婴儿的尸体，石清夫妇便认定他已被残杀。

闵柔在伤心欲绝之余，便把满腔母爱倾注于石中玉一身。闵柔对石中玉的溺爱和娇纵，致使石中玉从小就顽劣不堪，不能管教。石清只得把他送到雪山派，拜"风火神龙"封万里为师。哪知石中玉在雪山派犯下大错，逃出凌霄城后又到处拈花惹草，表现出荒唐无耻、不讲道义、贪生怕死、卑鄙恶毒的德性。

而事实上石中坚并没有被梅芳姑杀死，在荒山野岭，梅芳姑抚养他至十二三岁。他称梅芳姑为"妈妈"，梅芳姑叫他"狗杂种"。石中坚不识字，也不通世事，但后来，在江湖上自称为"狗杂种"的他却表现出了淳朴、善良、坚韧、勇敢的品性。在侠客岛上，他破解了李白《侠客行》诗中的武功密码，最终成为武功高强、具有赤子衷肠的大英雄。

为什么同父同母的亲生兄弟，外貌十分相像，而品行和性格却截然不同呢？其中一个重要的原因是家庭教育。闵柔如何溺爱和娇纵石中玉，书中没有记载，我们不得而知，但书中有两段话，可以让我们窥一斑而见全豹。

第一段话是石中坚恳求谢烟客管教石中玉，石中玉被谢烟客带走后，石清、闵柔夫妇的对话。"闵柔道：'可是……可是，玉儿从小娇生惯养又怎会煮饭烧菜……'话声哽咽，又流下泪来。石清道：'他诸般毛病，正是从娇生惯养而起。'"[1]

第二段是闵柔在如来佛像前的祷告，闵柔"向来不信神佛，却见她走进佛殿，在一尊如来佛像之前不住磕头……低声祝告："如来佛保佑，但愿我儿疾病早愈，他小时无知，干下的罪孽，都由为娘的一身抵挡，一切责罚，都由为娘的来承受。千刀万剐，甘受不辞，只求我儿今后重新做人，一生无灾无难，平安喜乐。'"[2]

闵柔期待石中玉能重新做人是非常正确的，但她要抵挡石中玉的一切罪孽，承受一切责罚就大大的错了。谁犯下的罪孽，就得由谁来承担，石中玉的过错得让他自己承受惩罚，这样才能起到教育的作用。如果孩子犯了错，责罚都由父母扛着，只能使他

扫码看大侠

变本加厉，如何教他重新做人？

　　石中坚的"妈妈"梅芳姑，虽然没有给他富裕的物质生活，也不教他识字，还时常打骂他，但教会了他煮饭烧菜，使得他小小年纪就会洗衣、种菜、打柴、养鸡，这些就是最基本的生存技能。梅芳姑在心情好的时候也会给他讲故事，"故事中必有好人坏人，在那小孩子心中，帮好人打坏人，乃是天经地义之事"③。这些故事使得石中坚幼小的心灵中有一杆称，能称出是非善恶。

　　更重要的是，梅芳姑时常对石中坚说："狗杂种，你这一生一世可别去求人家什么。人家心中想给你，你不用去求，人家自然会给你；人家不肯的，你便苦苦哀求也是无用，反而惹得人家讨厌。"④梅芳姑不但这样说，也这样做，一旦石中坚开口向她讨要东西，她非但不给，还对他又打又骂，因此养成了他绝不求人的性格。

　　手上有生存的基本技能，心中能辨是非善恶，又有独立的意识和人格，梅芳姑教给石中坚的这三样，使他勇于为大悲老人仗义执言，敢于向谢烟客说不，乐于为阿绣和史婆婆晒柿饼抓螃蟹。这些足以让他立足于险恶的江湖，并令他一生受益。

①金庸.侠客行 [M].广州：广州出版社，2015：501.
②金庸.侠客行 [M].广州：广州出版社，2015：338.
③金庸.侠客行 [M].广州：广州出版社，2015：66.
④金庸.侠客行 [M].广州：广州出版社，2015：59.

思考与讨论

1. 你认为将来如何才能立足社会，成就
美好人生？

2. 你喜欢什么样的父母？为什么？

拓展与积累

　　关于立身处世，《琅琊王氏家训》中有一段话：夫言行可覆，信之至也；
推美引过，德之至也；扬名显亲，孝之至也；兄弟怡怡，宗族欣欣，悌之至
也；临财莫过乎让。此五者，立身之本。

　　这段话的意思是：说话做事经得起考核查对，这就是诚信的最高境界；
把美好的名声让给别人，而自己勇于承担过失的责任，这是德行的最高境界；
通过自己成名来使父母感到荣耀，这是孝顺的最高境界；兄弟之间相处愉悦，
家族和睦、兴旺发达，这是友爱的最高境界；面对财富没有比谦让更好的了。
这五个方面，是立身处世的根本。

沟通与分享

　　把石中玉、石中坚兄弟的故事说给父母听，并把你的想法和父母交流
一下。

12.
石中坚处世：立身之本有三样

13.
狄云蒙冤：
素心不染

《连城决》中的主人公狄云原本是湘西乡下的农家少年，老实忠厚、纯朴善良，跟着师父戚长发耕田练剑，日子过得平淡、简单。哪知道他和师父、师妹进了一趟荆州城，却连续遭受不白之冤，多次差点丢了性命。

狄云先是被诬陷为强奸犯，紧接着被栽赃为盗贼。被关进官府死牢后，其右手被剁掉了手指并被铁链穿透了琵琶骨。而同室的狱友丁典，偏偏又误会他是官府的奸细，对他横加折磨。在暗无天日的死牢里被关了三年后，狄云得知心爱的师妹戚芳嫁给大师伯的独生子万圭后，悲愤之余，心如死灰。他冤屈难雪，生无可恋，便要悬梁自尽。谁料自尽之事，却消除了丁典的误会，丁典用刚练成不久的神照功救回了他的性命。

在江湖经验丰富的丁典的分析和推理下，狄云明白了这一切都是万圭一家人的恶毒陷害。戚芳与狄云从小青梅竹马，长大后已相互爱恋。而万圭一见到漂亮的戚芳便看上她，就设下了一石二鸟之计：陷害狄云，贿赂官府将狄云做无限期的关押；蒙蔽戚芳，好让戚芳既对狄云失望，又对万家感恩戴德后心甘情愿地嫁给万圭。

于是，狄云主动请求丁典教他神照功，意图出狱后找万圭复仇。但是，当他随丁典越狱后，误入万宅看到戚芳一家时，满腔的复仇之火，顿时化作冰凉："我本来是个乡下穷小子，就算不受这场冤屈，师妹和我成了夫妻，我固然快乐，师妹却势必要辛苦劳碌一辈子，于她又有什么好处？我要复仇，是将万圭杀了么？师妹成了寡妇，难道还能嫁我，嫁给她的杀夫仇人？她心中早就没了我这个人，从前我就比不上万圭，现下我跟他更是天差地远了。这场冤仇，就此一笔勾销，让她夫妻母女快快乐乐地过日子罢。"①

狄云复仇不成，却差点成了血刀门恶僧宝象的免费午餐。还好，老实人也能急中生智，他反制宝象于死地后，剥下了他的僧衣，换下了自己身上早已褴褛不堪的外衣。哪知道这僧衣却给狄云招来了新的无妄之灾。

因为这僧衣上有血刀门的标记，人们便认定他是邪恶的淫僧，致使"铃剑双侠"纵马踩断了他的腿。平白无故地被踩断了腿，

扫码看大侠

本来恼怒异常，但他一想明白"铃剑双侠"是因为他穿的僧衣误会了，登时就消了敌意，反而从心里称赞他们是嫉恶如仇的大好人。

　　具有戏剧性的是，也是因为这僧衣，真正的淫僧血刀老祖把他当成了宝象的徒弟、自己的徒孙，带着他和"人质"水笙一起从江南逃到了藏边雪谷。于是，所有的人都认定老实巴交、清白无辜的狄云，就是那强暴妇女、血债累累的淫僧，中原武林的正派人士都要抓他、杀他，而血刀老祖却成了他的救星。狄云百口莫辩，心中有苦说不出。

　　在雪谷中，狄云练成了神照功，踢死了血刀老祖，救了花铁干和水笙。花铁干恩将仇报，要置狄云于死地。水笙却逐渐觉察到狄云的善意，不时地维护他，他俩却被花铁干诬陷为淫贼和淫妇。想为清白的水笙辩护，却不料越描越黑，此时的狄云也不过是仰天大喊："你们这些恶人，天下的恶人都来打啊，我狄云不怕你们。你们把我关在牢里，穿我琵琶骨，斩了我手指，抢了我师妹，踩断我大腿，我都不怕，把我斩成肉酱，我也不怕！"[2]不怕，是因为狄云一直本性不改，素心不染，无愧于天地。

　　出了雪谷后，狄云做了两件事，一是到荆州见师妹戚芳，向她揭露万圭的恶毒阴谋；二是寻找师父戚长发，重回湘西乡下过平静的生活。当他得知戚长发是一个为了财富，杀死自己的师父、师兄，不顾亲生女儿安危的阴狠小人时，有的只是替戚长发悲哀："一个人世上什么亲人都不要，不要师父、师兄弟、徒弟，连亲生女儿也不顾，有了价值连城的大宝藏，又有什么快活？"[3]

　　此时的狄云，不但练成了神照功，还学会了《血刀经》上的武功，已是武林顶尖高手，如果他想称霸武林，或者报复社会的话，江湖必然是血雨腥风。但他却只想找个荒僻之地，把戚芳的遗孤"空心菜"抚养成人。

①金庸.连城决[M].广州：广州出版社，2015：114.
②金庸.连城决[M].广州：广州出版社，2015：230.
③金庸.连城决[M].广州：广州出版社，2015：355.

思考与讨论

1. 如果你被别人误会或冤枉了，你会怎么做？

2. 寒山问拾得：世间有人谤我、欺我、辱我、笑我、轻我、贱我、恶我、骗我，如何处之乎？拾得答曰：只是忍他、让他、由他、避他、耐他、敬他、不要理他，再得几年，你且看他。你如何看这一对话？

拓展与积累

《孟子·滕文公下》中有一段话：居天下之广居，立天下之正位，行天下之大道；得志，与民由之；不得志，独行其道；富贵不能淫，贫贱不能移，威武不能屈，此之谓大丈夫。

沟通与分享

在生活中，你有被人误会或误会别人的经历吗？如果有，向误会你或被你误会的人说几句吧。

在郭靖众多的师父中，有一位特殊的"师父"——"西毒"欧阳锋。欧阳锋是郭靖的敌人，却也是他最好的老师。从东海船舱到西域石屋，从大漠雪地到华山绝顶，郭靖和欧阳锋不知搏斗了多少场，每一次搏斗都使欧阳锋惊叹："武功又有精进！"其实，郭靖与欧阳锋的每一次搏斗，都是一次学习机会，不仅从搏斗中发现自己的不足，发现敌人的弱点，也从搏斗中借鉴敌人的经验，参悟武学原理。每一次搏斗也是一次实践的机会，是郭靖武学修为的实践运用，在实践中印证、反思、改进。

特别是，欧阳锋与郭靖在西域的石屋共处的一个多月中，就像是严厉的"导师"硬逼郭靖练功一样。

郭靖奉成吉思汗之命率军西征的途中，由于误会，黄蓉离营而去。在追赶黄蓉的途中，郭靖被欧阳锋所擒。为了在郭靖身上得到"九阴真经"，"欧阳锋押着郭靖走进一间石屋，说道：'现下你为我所擒，我也不来杀你。只要你打得过我，你就可以出去。'"①这是欧阳锋开始对郭靖进行实践指导的目标激励。

在石屋中的第一次实践，郭靖和欧阳锋"拆了三十余招，郭靖究竟功力不及，被欧阳锋抢上半步，右掌抹到肋下。郭靖难以闪避，只得停下手待毙，哪知欧阳锋竟不发劲，笑道：'今日到此为止，你练几招真经上的功夫，明日再跟你打过。'"②在实践后，"导师"给学生布置了作业。

郭靖"遍思所学的诸般拳术掌法，并无一招可以破解，却想起真经上载得一门'飞絮劲'的巧劲，似可将他这一抹化为无形。"③于是就盘膝坐下，想着"九阴真经"中口诀，依法修习。由于郭靖这时已经练成了"易经锻骨篇"，又得到过一灯大师的指点，不到两个时辰就练成了"飞絮劲"。这是实践后的反思、学习和改进。

郭靖练就"飞絮劲"后，"斜眼看欧阳锋时，见他也坐着用功，当下叫道：'看招！'身未站直，已挥掌劈将过去"④。又开始了一轮实践。这是学得新知后的再一次实践，是对新知的印证和巩固。

一个月来，"两人缠斗不休，郭靖一到输了，便即住手，另练新招"⑤。郭靖的功夫突飞猛进，而欧阳锋武学深邃，瞧着郭

扫码看大侠

靖练功前后的差别，也悟到了不少"九阴真经"中的要旨。这一对冤家对头，竟然在西域石屋中，教学相长，相得益彰。

　　"郭靖初几日满腔愤恨，打到后来，更激起了克敌制胜之念，决意和他拼斗到底，终究要凭真功夫杀了他才罢。"⑥郭靖的实践卓有成效，对达成实践目标越来越有信心，也对自己提出了更高的要求。

　　实践是很好的学习方式，但实践必须有目标、会反思、能改进。在实践中必然会遇到困难和挫折，面对困难和挫折，要不服输、不气馁，要仔细分析原因，针对原因和自身不足加强学习，积极寻找应对之策，并在新的实践中克服困难，完善自我。

①②金庸.射雕英雄传[M].广州：广州出版社，2015：1252.
③—⑥金庸.射雕英雄传[M].广州：广州出版社，2015：1253.

思考与讨论

1. 如果你是郭靖，遇到欧阳锋这样强大的敌人会怎么做？

2. 你认为越挫越勇要具备哪些品质？

避实就虚

浙平画

拓展与积累

美国的卡洛琳·亚当斯·米勒在《坚毅》一书中说：真正的坚毅，要与他人建立积极的关系，心怀希望、谦卑、自信、给予而不是索取、适度的专注、顽强、从失败中学习、真诚而踏实的成长心态。

沟通与分享

把你所知道的积极应对困难与挫折并且越挫越勇的故事，向你的同学、朋友、家人分享吧。

梅剑和——《碧血剑》中华山派"神拳无敌"归辛树的弟子、袁承志的师侄，他仗着二三成的华山派功夫，二十年来在江湖上也闯了点名堂，得了个"没影子"的外号，但自以为武功了得，对人傲慢无礼。且看金庸先生对他出场时的描写："袁承志见了闵子华的神气，料知这三人来头不小，仔细看了几眼。见头一人儒生打扮，背负长剑，双眼微翻，满脸傲色，大模大样的昂首直入。第二人是个壮汉，形貌朴实。第三人却是二十二三岁的高瘦女子，相貌甚美，秀眉微蹙，杏眼含威。"①这三人分别是梅剑和和他的师弟刘培生、师妹孙仲君。

袁承志因他触犯门规而不自知，又自作主张私自撕毁了证明金龙帮帮主焦公礼清白的两封信，便决意挫一挫他的傲气，好让他知道天外有天、人外有人。

袁承志给梅剑和准备了十把宝剑，先与他比内功。袁承志以右手拇指和食指挟半截断剑，运用"混无功"连续震断了梅剑和手中的宝剑。"梅剑和又惊又怒，抢了桌上一剑，向他下盘攻去。袁承志知是虚招，并不招架，果然他一剑刺出，立即回招，改刺小腹。袁承志伸断剑一挡，喀喇一声，梅剑和手中长剑又被震为两截。梅剑和跟着连换三剑，三剑均被半截断剑震折，不由得呆在当地、做声不得。"②

接着袁承志与他比轻功。"梅剑和只觉剑尖已刺及后心，吓出一身冷汗，使劲前扑，接着向上纵跃。岂料袁承志的剑始终点在他后心，如影随形，任他闪避腾挪，剑尖总不离开，幸好袁承志手下容情，只是点着他的衣服，只要轻轻向前一送，他再多十条性命也都了帐了。梅剑和外号叫'没影子'，轻功自然甚高，心里又惊又怕，连使七八般身法，腾挪闪跃，极尽变化，要想摆脱背上剑尖，始终摆脱不了。"③

梅剑和自以为精研了二十多年的剑法还没施展出来，心中还是不服。"梅剑和横了心，抢了桌上一柄剑，剑走轻灵，斜刺对方左肩。这次他学了乖，再不和敌剑接触，一见袁承志伸剑来格，立即收招。哪知对方长剑乘隙直入，竟指自己前胸，如不抵挡，岂不给刺个透明窟窿？只得横剑相格。双剑剑刃一交，袁承志手臂一旋，梅剑和长剑又向空际飞出，拍的一声，竟在半空断为两

扫码看大侠

截。他抢着要再去取剑，袁承志喝道："到这地步你还不服？'刷刷两剑，梅剑和身子后仰避开，下盘空虚，被袁承志左脚轻轻一勾，仰天跪倒。袁承志剑尖指住他喉头，问道："你服了么？'梅剑和自出道以来，从未受过这般折辱，一口气转不过来，竟自晕了过去。"④

梅剑和醒来后，不得不服输，不得不认错。他这种傲慢无礼的性格的养成，与他师父的教育有关。正如金庸先生所言；"梅剑和自幼便在归辛树门下，见到严师，向来犹如耗子见猫一般，压抑既久，独自闯荡江湖，竟加倍的狂傲自大起来，归辛树又生性沉默寡言，难得跟弟子们说些做人处世的道理，不免少了教诲。"⑤

梅剑和这次所受的挫折，对他今后的武功研修是很有帮助的。"去年他在南京和袁承志比剑，一连几柄剑尽被震断，才知本门武功精奥异常，自己只是得了一点毛皮而已，不由得狂傲之气顿减，再向师父讨教剑法，半年中足不出户，苦心研习，果然剑法大进。"⑥

66

①金庸．碧血剑 [M]．广州：广州出版社，2015：230.
②③金庸．碧血剑 [M]．广州：广州出版社，2015：272.
④金庸．碧血剑 [M]．广州：广州出版社，2015：273.
⑤金庸．碧血剑 [M]．广州：广州出版社，2015：274.
⑥金庸．碧血剑 [M]．广州：广州出版社，2015：608.

思考与讨论

1. 如果有师友指出你的缺点或错误，你应该怎么对待？

2.《礼记·中庸》里说：知耻近乎勇。你怎么理解？

拓展与积累

公元前 496 年，吴王阖闾率军攻打越国，负伤大败而归，不久身亡。夫差继位后，每天让人提醒他：夫差，你忘记越国之仇了吗？他则大声应道：不敢忘！两年后，吴越再次交兵，越国战败，越王勾践成为俘虏。勾践夫妇为吴王驾车养马，执役三年，赢得夫差信任，获释回国。勾践为兴越灭吴，卧薪尝胆，发愤图强。在谋臣文种、范蠡辅佐下，制订了"十年生聚、十年教训"的战略，终于国富兵强，最后一举灭掉吴国。

沟通与分享

你觉得自己有什么缺点和不足？可以如何改进？向你的同学、朋友、家人说一说想法吧。

67

15.
梅剑和遇袁承志：知耻后勇

裴千仞悔过：
涅槃重生

第二次华山论剑前一天，瑛姑要为儿报仇，洪七公要为国除奸，裴千仞被逼到了华山的一个悬崖边上。面对一身正气、大义凛然的洪七公，裴千仞回首往事，但觉数十年来行事，无一不是伤天害理，不禁冷汗如雨，羞愧难当，欲跳崖自尽，却被一灯大师伸臂救回，于是放声大哭，跪倒在一灯大师面前。从此，裴千仞开始了漫长、曲折的忏悔重生之路。

裴千仞决心痛改前非，皈依佛门，受一灯大师剃度后法名"慈恩"，十多年来一直跟随一灯大师在湖广南路隐居清修。由于往日作孽太多，心中恶根难以尽除，向善之心和作恶之念时常交战，心中不时烦躁不安，时有触犯戒律之事。如遇到外诱极强之际，仍不免要出手伤人，因此他打造了两副铁铐，每当心中烦躁，便自铐手足，以制恶行。

一灯大师因为接到弟子朱子柳求救的书信，就同慈恩前往绝情谷。一路上可能是受到了诱惑，慈恩心中蠢蠢欲动，到了猎人小木屋时，烦躁已不可自制，就取出镣铐铐住了自己的手脚。虽然铐住了手脚，但内心的躁动仍是难以抑制，"口中喘气，渐喘渐响，到后来竟如牛吼一般，连木屋的板壁也被吼声震动，檐头白雪扑簌簌地掉将下来。……再过片刻，黑衣僧的吼声更加急促，直似上气难接下气。"①

一灯大师看他这样就给他念偈语："若人罪能悔，悔已莫复忧，如是心安乐，不应常念着。不以心悔故，不作而能作，诸恶事已作，不能令不作。"②

听完偈语后，慈恩喘声稍歇，呆呆思索后，疑惑又生："'弟子深知过往种种，俱是罪孽，烦恼痛恨，不能自已。弟子便是想着诸恶事已作，不能令不作。心中始终不得安乐，如何是好？'白眉僧（一灯大师）道：'行罪而能生悔，本为难得。人非圣贤，孰能无过？知过能改，善莫大焉。'……黑衣僧（慈恩）道：'弟子恶根难除。十年之前，弟子皈依吾师座下已久，仍然出手伤了三人。今日身内血煎如沸，难以自制，只怕又要犯下大罪，求吾师慈悲，将弟子双手割去了罢。'白眉僧道：'善哉善哉！我能替你割去双手，你心中的恶念，却须你自行除去。若是恶念不去，手足纵断，有何补益？'黑衣僧全身骨骼格格作响，突然痛哭失声，

说道:'师父诸般开导,弟子总是不能除去恶念。'白眉僧喟然长叹,说道:'你心中充满憎恨,虽知过去行为差失,只因少了仁爱,总是恶念难除。我说个佛说鹿母经的故事给你听听。'"③

听罢故事,慈恩泪流满面,若有所思,但心中烦躁,总是难以克制。这时,不怀好意的胖丐(丐帮彭长老)使"摄魂大法"劝他去外面看看雪景,引诱他双掌齐发,击打雪人。慈恩不知雪人中藏着瘦丐,双掌齐出,瘦丐惨叫而亡。慈恩大吃一惊,神不守舍,呆在当地。

随后,"慈恩呼呼喘气,大声道:'师父,我生来是恶人,上天不容我悔过。我虽无意杀人,终究免不了伤人性命,我不做和尚啦!'一灯道:'罪过,罪过!我再说段佛经给你听。'慈恩粗声道:'还听什么佛经?你骗了我十多年,我再也不信啦。'格喇、格喇两声,手足铁铐上所连的铁链先后崩断……蓦地里转身,对着彭长老胸口双掌推出,砰的一声巨响,彭长老撞穿板壁,飞了出去。"④

慈恩连杀两人,心中恶念越来越盛,竟把一灯大师当作仇人,连连出掌向他劈去。一灯大师却要舍身度人,既不抵挡更不还手,被打得口喷鲜血。杨过忍不住出手制止,先用一段话震动并安抚其心,再用高超的武功,使他体验到死亡的恐惧。

杨过的这一段话是这样讲的:"尊师好言相劝,大师何以执迷不悟?不听金石良言,已是不该,反而以怨报德,竟向尊师猛下毒手。如此为人,岂非禽兽不如?……这二人是丐帮败类,大师除恶即是行善,何必自悔?"⑤这一番话,先是厉声责问,后又良言安抚。既有当头棒喝之威,又有心理疏导之效。

经过恶斗,杨过用玄铁剑制住了慈恩,令他"只能呼气出外,不能吸进半口气来。便在此刻,慈恩心头如闪电般掠过一个'死'字。他自练成绝艺神功之后,纵横江湖,只有他去杀人伤人,极少遇到挫折,便是败在周伯通手下,一直逃到西域,最后还是凭巧计将老顽童吓退。此时去死如是之近,却是生平从未遭逢,一想到'死',不由得大悔,但觉这一生便自此绝,百般过恶,再也无法补救。一灯大师千言万语开导不了的,杨过这一剑却登时令他想到:'给人杀死如是之惨,然则我过去杀人,被杀者也是一样的悲惨了。'"⑥

慈恩再次跪倒在一灯大师面前,表示认罪和悔过。然而,他内心的恶念还是没有根除,还没有彻底醒悟。遇到极强的外部刺激,恶念仍会发作。

在绝情谷,慈恩又一次发作,这一次发作的诱因是他妹妹裘千尺的逼和激。为了让慈恩出手杀死黄蓉，为他们的大哥裴千丈报仇，裴千尺先以兄妹之情相逼，再以当年"铁掌水上漂"的威名相激。裴千尺一认出慈恩是她二哥裴千仞的时候就质问他为什么不替大哥报仇？手足之情何在？又不断以语言相激，说姓裴的一门豪杰，当年纵横江湖多少威风，如今年纪一老，铁掌帮一散，就变成缩头乌龟了。

慈恩终于被逼和激得恶念横生，一把抢过黄蓉的二女儿郭襄就要摔死。黄蓉却看出了他的恶根，于是扮作瑛姑，演了一出戏，最终使慈恩拔除恶根，大彻大悟。

"黄蓉哈哈大笑，笑声忽高忽低，便如疯子发出来一般。众人不禁毛骨悚然。但见她将打狗棒往地下一抛，踏上两步，拆散了头发，笑声更加尖细凄厉……黄蓉双臂箕张，恶狠狠的瞪着慈恩，叫道：'快把这小孩儿打死了，要重重打她的背心，不可容情。'慈恩脸无人色，将郭襄抱在怀里，说道：'你……你……你是谁？'黄蓉纵声大笑，张臂往前一扑。慈恩的左掌虽然挡在身前，竟是不敢出击，向侧滑开两步，又问：'你是谁？'黄蓉阴恻恻的道：'你全忘记了吗？那天晚上在大理皇宫之中，你抓住了一个小孩儿。对啊，就是这样……就是这样……你弄得他半死不活，终于无法活命……我是这孩子的母亲。你快弄死这小孩儿，快弄死这小孩儿，干么还不下手？'

慈恩听到这里，全身发抖，数十年前的往事兜上心来。当年他击伤大理国刘贵妃的孩子，要南帝段皇爷舍却数年功力为他治伤，段皇爷忍心不治，此孩终于毙命。后来刘贵妃瑛姑和慈恩两度相遇，势如疯虎般要抱住他拼个同归于尽。慈恩武功虽然高于她，却也不敢抵挡，只有落荒而逃。黄蓉当年在青龙滩上、华山绝顶，曾两次亲闻瑛姑的疯笑，亲见她的疯状，知道这是慈恩一生最大的心病，见他手中抱着孩子，无法可施之际便即行险，反而叫他打死郭襄。

慈恩望望黄蓉，又望望一灯，再瞧瞧手中的孩子，倏然间痛悔之念不能自己，呜咽道：'死了，死了！好好的一个小孩儿，活活的给我打死了。'缓步走到黄蓉面前，将郭襄递了过去，说道'小孩儿是我弄死的，你打死我抵命罢！'黄蓉欢喜无限，伸手欲接，只听得一灯喝道：'冤冤相报，何时方了？手中屠刀，何时方抛？'慈恩一惊，双手便松，郭襄便直往地下掉去。不等郭襄身子落地，黄蓉右脚伸出，将孩儿踢得向外飞出，同时狂笑叫道：'小孩儿给你弄死了，好啊，好啊，妙得紧啊。'她这一脚看似用力，碰到郭襄身上，却只以脚背在婴儿腰间轻轻托住，再轻轻往外一送。

她知道这是相差不得半点的紧急关头，如俯身去抱起女儿，说不定慈恩的心神又有变化……

慈恩面如死灰，刹时之间大彻大悟，向一灯合十躬身，说道：'多谢和尚点化！'一灯还了一礼，道：'恭喜和尚终证大道！'两人相对一笑，慈恩扬长而出。"⑦

①金庸. 神雕侠侣 [M]. 广州：广州出版社，2015：1011.
②③金庸. 神雕侠侣 [M]. 广州：广州出版社，2015：1012.
④金庸. 神雕侠侣 [M]. 广州：广州出版社，2015：1016.
⑤金庸. 神雕侠侣 [M]. 广州：广州出版社，2015：1017-1018.
⑥金庸. 神雕侠侣 [M]. 广州：广州出版社，2015：1019.
⑦金庸. 神雕侠侣 [M]. 广州：广州出版社，2015：1056-1058.

思考与讨论

1.一灯大师的十年教化之功，为什么差点毁于一旦？

2.一灯大师、杨过、黄蓉在裘千仞"重生"的路上各起到什么作用？

惜思守志

浙羊画

拓展与积累

　　《左传·宣公二年》中士季对晋灵公说："人谁无过，过而能改，善莫大焉。"改过会有痛苦的抗争，改过需要自我约束。人的内心既有向善之心也有作恶之念，外部既有外邪引诱也有师友的教化和帮助，四者之间有相互交错的冲突、影响和遏制。

　　一旦有了过错，首先要正视错误，下定决心改正；其次要加强学习和修为，培养向善之心，抑制作恶之念；第三，多与良师益友交往，与损友断绝关系，减少外邪的引诱；第四，要多行善事，不做坏事，"勿以恶小而为之，勿以善小而不为"。

向善之心　作恶之念

外邪诱惑　师友教化

沟通与分享

　　你有过"知错就改"的经历吗？你是怎么做到的？跟同学和朋友分享一下你的做法吧。

虚竹的逍遥派武功起初是别人硬塞给他的。

由于机缘巧合、歪打正着，虚竹破了"珍珑棋局"，被无崖子选定为接班人。无崖子把自己七十年的功力硬生生地输到他的体内，少林小和尚虚竹的身上就凭空有了七十年的逍遥派武功修为。

出于善良的本性和扶弱济困的侠义之心从乌老大的刀下救了天山童姥后，虚竹就被她逼着开始了被动学武的经历。为了赶快逃离三十六洞洞主、七十二岛岛主等人的追杀，天山童姥最开始传授给虚竹的是轻功飞跃之术。出于同样的心理，虚竹学得还算主动、用心。由于效果立竿见影，学会后，虚竹也是又惊又喜，脸上呈现心痒难搔之态。

为了让虚竹帮助自己对付李秋水，天山童姥要传授虚竹逍遥派的搏击之术。虚竹虽然知道逍遥派武功神妙无比，但一直以少林弟子自居，不肯修习别派武功。天山童姥以残杀梅花鹿相威胁，逼迫虚竹就范。

虽然不是情愿学习，但是逍遥派的练功法门独特高效（详见《逍遥派的独门练功方法》），天山童姥传授认真、督查严厉，虚竹很快掌握了"天山折梅手"的要领。这时，天山童姥和虚竹的一番对话却颇具戏剧性。

"这'天山折梅手'虽然只有六路，但包含了逍遥派武学的精义，掌法和擒拿手之中，含蕴有剑法、刀法、鞭法、枪法、抓法、斧法等诸般兵刃的绝招，变法繁复，虚竹一时也学不了那许多。童姥道：'我这天山折梅手是永远学不全的，将来你内功越高，见识越多，天下任何招数武功，都能自行化在这六路折梅手之中。好在你已学会了口诀，以后学到什么程度全凭你自己了。'虚竹道：'晚辈学这路武功，只是为了保护前辈之用，待得前辈回功归元大功告成，晚辈回到少林寺，便要设法将前辈所授尽数忘却，重练少林派本门功夫了。'"①

扫码看大侠

天山折梅手那么好，而虚竹却要设法将它全部忘却，天山童姥只能像看怪物一样看着虚竹，暗自叹息。

在西夏皇宫的地下冰窖里，天山童姥要虚竹学"天山六阳掌"的手段可以说是无所不用其极，先是点了虚竹的穴道，使他不能动弹，随后向他口中强灌鹤血、生吞禽肉，以后每天都令他吃从御厨里偷来的山珍海味，让他破了荤戒。然后，以梦姑来诱惑他，但虚竹就是不肯再学逍遥派的武功，助她杀死李秋水，天山童姥只得在虚竹身上种下了"生死符"，使他体内如万蚁咬啮，令他求生不得求死不能。

即便如此，"虚竹呻吟道：'咱们把话说明在先，你若以此要挟，要我干那……那伤天害理之事，我……我宁死不……不……不……不……'这'宁死不屈'的'屈'字却始终说不出口……童姥和他相处将近三月，已摸熟了他的脾气，知他为人外和内刚，虽然对人极是谦和，内心却十分固执，决不肯受人要挟而屈服，说道：'我说过的，你跟乌老大那些畜生不同，姥姥不会每年给你服一次药镇痛止痒，使你整日价食不知味、睡不安枕。你身上共给我种了九张生死符，我可以一举给你除去，斩草除根，永无后患。'"②

最后，天山童姥以借解除他身上的"生死符"为名，在教他制作、发射、拔除"生死符"的过程中，把"天山六阳掌"的功夫也传授给他。

从无崖子输送真力到天山童姥传授"天山六阳掌"，虚竹修习逍遥派功夫都是极其被动的，那么，他是什么时候开始自主探究逍遥派武功的呢？虚竹的自主探究始于在天山灵鹫宫为三十六洞洞主、七十二岛岛主等人拔除"生死符"之时。

> "拔除生死符须以真力使动'天山六阳掌'，虚竹真力充沛，纵使连拔十余人，也不会疲累，可是童姥在每人身上所种生死符的部位各不相同，虚竹细思拔除之法，却颇感烦难。他于经脉、穴道之学所知极浅，又不敢随便动手，若有差失，不免使受治者反蒙毒害。到得午间，竟只治了四人……梅剑见他皱起眉头，沉思拔除生死符之法，颇为劳心，便道：'主人，灵鹫宫后殿，有数百年前旧主人遗下的石壁图像，婢子曾听姥姥言道，这些图像与生死符有关，主人何不前去一观？'虚竹喜道：'甚好！'"③

> "此后虚竹每日替群豪拔除生死符，一感精神疲乏，便到石室中去习练上乘武功……如此直花了二十余天时光，才将群豪

身上的生死符拔除干净，而虚竹每日精研石壁上的图谱，武功也是大进，比之初上缥缈峰时已大不相同。"④

虚竹不肯跟天山童姥修习武功，是因为天山童姥要他学会武功后帮她杀人。而虚竹不顾辛劳，每日精研灵鹫宫后殿石壁上的图谱，是为了救人。

①金庸.天龙八部[M].广州：广州出版社，2015：1297.
②金庸.天龙八部[M].广州：广州出版社，2015：1312.
③金庸.天龙八部[M].广州：广州出版社，2015：1383.
④金庸.天龙八部[M].广州：广州出版社，2015：1386.

金庸武侠之成长秘笈

思考与讨论

1. 如果有人主动教你上乘武功，学不学？

2. 救（助）人仅仅是有利他人吗？

量力而行　浙羊画

拓展与积累

　　有些人常常以自我为中心，以个人利益为半径，长此以往，容易发展成为自私自利的极端个人主义，不但损害他人利益，失去友谊，最终也影响到自己的发展。人不能脱离他人、集体和社会而独立生存和发展，有他人的帮助、集体的温暖和社会的接纳，人生之路才会越走越宽、越顺。试着去理解他人、宽容他人吧，你的朋友会越来越多；试着去关心他人、帮助他人吧，你将会享受到心灵的安宁和精神的愉悦，你的天地也会因此而豁然开朗。

78

沟通与分享

　　你一定做过好事，帮助过别人。向你的同学、朋友和家人分享一下你的善举和当时的心情吧。

学习篇

老顽童周伯通游戏江湖，童心不老，别人在苦练武功，而他却是玩武功，并把武功玩到极致。可以说，老顽童一生都在玩武功，玩成就了他的武功，武功又让他更好地玩。

《射雕英雄传》中没有描写老顽童跟他师兄中神通王重阳学习武功的情景，我们不知道当初他学武是怎样一种学习状态，但从他玩出"左右互搏"之术、惹上《九阴真经》的故事中可见一斑。

老顽童的"左右互搏"，原本只是在山洞中枯坐，十分无聊时开发的自娱自乐的游戏，后来经郭靖提醒，才发现是一门高深的分心合击的武功。他恶作剧式地教郭靖《九阴真经》上的功夫，"哪知为了教导郭靖，每日里口中解释，手上比划，不知不觉的已经把经文深印脑中，睡梦之间，竟然意与神合，奇功自成，这时把拳脚施展出来，却是无不与经中所载的拳理法门相合。他武功深湛，武学上的悟心又是极高，兼之《九阴真经》中所载纯是道家之学，与他毕生所学本是一理相通，他不想学武功，武功却自行扑上身来。"①在不知不觉中，武功就练成了，这是"玩中学"的最高境界。

老顽童之所以玩武功，是因为他非常喜爱武功，并从武功中得到了无穷的乐趣。他在桃花岛的小山洞里给郭靖讲故事时就说："钻研武功自有无穷乐趣，一个人生在世上，若不钻研武功，又有什么更有趣的事好干？天下玩意儿虽多，可是玩得久了，终究没味。只有武功，才越玩越有趣。"又说："习武练功，滋味无穷。世人愚蠢得紧，有的爱读书做官，有的爱黄金美玉，更有的爱绝色美女，但这其中的乐趣，又怎能及得上习武练功的万一？"②这正验证了孔子的话："知之者不如好之者，好之者不如乐之者。"他为了学到一门新奇的武功，不仅要拜徒曾孙辈的杨过为师，甚至还想拜大对头金轮法王为师。

在金庸的武侠小说中，除老顽童的"玩中学"外，还有其他一些"玩中学"的案例。如《倚天屠龙记》中的张无忌，他在识破朱长龄的奸谋，逃进昆仑山的一个幽谷后，在苍猿腹中得到了《九阳真经》，因左右无事，便照书修习，每日除了练功，便是与猿猴为戏。"幽谷中岁月正长，今日练成也好，明日练成也好，

扫码看大侠

都无分别，就算练不成，总也是打发了无聊的日子。他存了这成固欣然、败亦可喜的念头，居然进展奇速，只短短四个月时光，便已将第一卷经书上所载的功夫尽数参详领悟，依法练成。"③岂不知与猿猴为戏就是一种最好的练习与巩固。

又如《越女剑》中的阿青，"本来是不会的，我十三岁那年，白公公来骑羊儿玩，我不许他骑，用竹棒赶他。他也拿了根竹棒来打我，我就和他对打。起初他总是打到我，我打不着他。我们天天这样打着玩，近来我总是打到他，戳得他很痛，他可戳我不到。他也不大来跟我玩了。"④这真是典型的"玩中学"的案例。

由此可见，"好之"并且"乐之"是"玩中学"的前提条件，此外还需要宽松的环境和自由的氛围。

①金庸.射雕英雄传[M].广州：广州出版社，2015：648.
②金庸.射雕英雄传[M].广州：广州出版社，2015：567-568.
③金庸.倚天屠龙记[M].广州：广州出版社，2015：541.
④金庸.越女剑[M].广州：广州出版社，2015：591.

1.老顽童周伯通为什么能把武功玩到极致?

2.你认为高中阶段的各门学科可以"玩中学"吗?如果可以,给你的老师提一些建议吧。

好好学习
天天向上

博学精专

浙平画

83

拓展与积累

　　瑞士的认知心理学家皮亚杰认为:游戏是儿童认识新的复杂客体和事件的方法,是巩固和扩大概念、技能的方法,是使思维和行动结合起来的方法。玩不仅是一种学习的形式,玩还是学习内容的载体;玩中不仅有感性认识,玩中也有体验和感悟;玩不但可以用来创设情境,玩还可以贯穿于学习始终;玩不仅是一种认知策略,玩还是情感体验和意志训练的手段。
　　儿童的天性就是好玩,其实好玩也是成年人的天性。要开展"玩中学",一要依据自己兴趣和爱好,二要有开放、民主、宽松的氛围,三要认识到玩是方法、是手段,学才是目的。

沟通与分享

　　有过"玩中学"的经历吗?感觉如何?跟你的同学和老师分享一下吧。

《天龙八部》中的段誉，从小就受了佛戒。其父大理国镇南王段正淳不但请了一位精通"易理"的儒生教他学习四书五经、诗词歌赋，还请了一位高僧教他念佛经。所以段誉满脑子都是佛门戒杀戒嗔的慈悲情怀和儒家推己及人的仁人之心。

乃至后来，段正淳要传授家传武功绝学给段誉，段誉却认为武功是打人杀人之术，死活不肯学。段正淳与他接连辩论了三天，还是说服不了他，气得用一阳指点了他的穴道。虽然段誉被点穴后，感觉全身好像有千万只蚂蚁在啃咬，又好像有千万只蚊子在吸血，但就是不肯屈服。为了逃避学武，段誉在解开穴道后，竟然离家出走了。

在无量山剑湖底下的山洞中，段誉迷恋于无崖子所雕的惊为天人的玉像，称其为"神仙姊姊"。而"神仙姊姊"的遗命，却是要他学会逍遥派武功，杀尽逍遥派门人。面对录满逍遥派武功的卷轴，段誉大是踌躇。

后来，他在"卷轴末端，见到了'凌波微步'那四字，登时便想起《洛神赋》中那些句子来：'凌波微步，罗袜生尘……'心想：'我先来练这凌波微步，此乃逃命之法，非害人之本领也，练之有百利而无一害。'卷轴上既绘明步法，又详注《易经》六十四卦的方法，他熟习《易经》，学起来自不为难。但有时卷轴上步法甚怪，走了上一步后，无法接到下一步，直至想到须得凭空转一个身，这才极巧妙自然的接上了；有时则须跃前纵后、左窜右闪，方合于卷上的步法。他书呆子的劲道一发，遇到难题便苦苦钻研，一得悟解，乐趣之大，实是难以言宣，不禁觉得：'学武之中，原来也有这般无穷乐趣，实不下于读书诵经。'如此一日过去，卷上的步法已学得了两三成，晚饭过后，再学了十几步，便即上床。迷迷糊糊中似睡非睡，脑子中来来去去的不是少商、膻中、关元、中极诸穴，便是同人、大有、归妹、未济等易卦。"[①]

很快的，段誉就学会了凌波微步。"他又惊又喜，将这六十四卦的步法翻来覆去的又记了几遍，生怕重蹈覆辙，极缓慢的一步步踏出，踏一步，呼吸几下，待得六十四卦踏遍，脚步成圆，只感神清气爽，全身精力弥漫，再也忍耐不住，大叫：'妙极，

妙极，妙之极矣！'"②

　　段誉体验到了学武的乐趣，也就不再排斥武功了，后来他不但练成了逍遥派的"北冥神功"，还练成了家传的"六脉神剑"。

86

①金庸．天龙八部 [M]．广州：广州出版社，2015：170-171.
②金庸．天龙八部 [M]．广州：广州出版社，2015：176.

思考与讨论

1. 段誉起初为什么要"逃学"？后来为什么又"乐学"了呢？

2. 如何才能做到"乐学"？

学中得乐 浙子画

拓展与积累

有研究表明：学习者对某项学习任务有成功的体验，通常会急切地想进行更多的同类学习，而有失败经历的则会尽量回避同类学习。所以，成功体验是维持学习动机、提高学习自信心和自我效能感的重要手段。

如何获得学习成功的体验呢？

1. 新的学习任务尽可能有同类成功的经验。

以成功的学习为基础，开始新的学习任务，学习会更加积极、主动，由于有成功的经验，新的学习也更容易成功。

2. 控制学习任务的难度。

控制学习任务的难度，可以采用学习任务分解、学习方法指导、允许自定学习步调等方法。

3. 自我激励。

一旦为学习付出了努力，就要自我肯定，即使还没成功也要激励自己，但要及时分析失败原因，明确今后努力方向。

4. 锻炼耐挫力。

学习碰到困难，除了自主探究外还要寻求师友的帮助。万一不能完成学习任务，不要灰心，也不怨天尤人，吸取教训，寻找新的突破口。

沟通与分享

你最喜欢哪一门功课？学习时有没有体验到乐趣？向你的同学、朋友分享一下吧。

武侠故事

杨过拜小龙女为师，学习古墓派入门武功，是通过练习抓麻雀完成的。刚开始是在一间比较矮小的石室，有三只麻雀，要求他在不伤羽毛脚爪的前提下，捉到这三只麻雀。小龙女"当下教了他一些窜高扑低、挥抓拿捏的法门。杨过才知道她是经由捉麻雀而授他武功，当下牢牢记住。只是诀窍虽然领会了，一时之间却不易用得上。小龙女任他在小室中自行琢磨练习，带上门出去。"①

当杨过能一口气将三只麻雀抓住的时候，小龙女就带他到另一间比先前捉麻雀的石室长阔均约大了一倍的石室，在室内放了六只麻雀让杨过继续抓。此后，石室越来越大，麻雀数量也是越来越多，最后要在大厅中捕捉到八十一只麻雀。就这样，杨过昼抓麻雀，夜睡寒玉床，武功大进。

在这期间，杨过曾跟小龙女去重阳宫给赵志敬送治疗蜂毒的蜜浆，因与鹿清笃有过节，杨过与鹿清笃打了一架，鹿清笃重重跌了一跤。这次打架，可算是杨过初学"古墓派"武功后的第一次展示，对展示的结果，杨过是沾沾自喜。小龙女虽然也肯定杨过的功夫有进步，但随后也指出杨过的打法不对，最后通过角色扮演演示了如何让对手自行跌倒的高明打法。

杨过的这种学习方法，可以称为尝试式任务驱动学习。他在明确了学习任务和目标，知道了操作要点后，不依赖老师的指导而自行琢磨练习。没有老师提供的现成方法和步骤的束缚，学生的思维会更加开阔，主观能动性和创造性更容易发挥。

从矮小的石室到宽敞的大厅，由三只麻雀，到八十一只麻雀，杨过的学习任务难度不断加大。这些任务就像阶梯的一级级台阶，完成一个任务就像是登上一级台阶，通过这个阶梯，杨过的身手越来越敏捷，基本功越来越扎实。

这种学习方式又像"闯关式"游戏，杨过凭着自己的努力，千方百计闯过一关又一关，既体会到了成功的乐趣，又激起了闯下一关的兴趣、信心和勇气。

入门后，杨过学习"天罗地网势"掌法还是采用任务驱动学习，但因学法又有不同，可以称之为引导探究式任务驱动学习法。这次的任务是：在空旷地，让八十一只麻雀聚集在胸前三尺之内。

扫码看大侠

目标是学会"天罗地网势"掌法。由于杨过自行完成任务难度太大，小龙女先作了演示。

　　　　"她一双纤纤素手挥出，东边一收，西边一拍……八十一只麻雀尽数聚在她胸前三尺之内……杨过只看得目瞪口呆，又惊又喜，一定神间，立时想到：'姑姑是在教我一套奇妙的掌法。快用心记着。'当下凝神观看她如何出手挡击，如何回臂反扑。"②

　　小龙女的这一番演示，既展示了"天罗地网势"掌法的妙用和要决，同时也是一种目标激励，看得杨过目瞪口呆，又惊又喜，牵着她的衣袖，要求马上学习。在这一次的学习中，小龙女同样把一个大任务分解为若干个小任务。先让杨过挡困一只麻雀，由于杨过出掌不够快捷，时刻拿捏不够准确，当麻雀飞窜出来时，小龙女就帮他挡回，以便他继续练习。在杨过练习纯熟后，再逐渐增加麻雀的数量，一直到能将八十一只麻雀全数挡回。

90

①金庸.神雕侠侣 [M].广州：广州出版社，2015：167.
②金庸.神雕侠侣 [M].广州：广州出版社，2015：173.

1.除了杨过的任务驱动学习以外,你还知道哪些任务驱动学习的案例?

2.在你的日常学习中,使用过任务驱动学习法吗?有什么感受?

拓展与积累

　　在采用任务驱动学习法时,第一,要选择合适的学习任务,任务中必须蕴含将要学习的知识和技能。第二,学习任务既要有一定的难度,又不能难度过大让自己束手无策,无从下手,所以事先要了解自己的学习基础和学习能力。第三,一个任务完成后要及时评价反馈,梳理完成任务的步骤和方法,最好要有老师和同伴的评价,并根据任务的完成情况,确定下一个任务和目标。第四,如果任务太复杂或难度太高,要及时向老师或同伴求助,或分解任务。

沟通与分享

　　把你使用任务驱动学习法的体会或经验向你的同学或朋友分享一下吧。

《倚天屠龙记》中的赵敏，是元朝汝阳王察罕特穆尔之女，蒙古名敏敏特穆尔。她生性好武，好作汉人打扮。她用西域番僧所献的毒药"十香软筋散"，在六大门派高手的饮食中下毒，使他们内力全失，然后把他们掳到大都，关在万安寺的十三层宝塔中。其目的，一要逼迫他们向元朝投降，二要从他们身上偷学六大门派的精妙武功。

赵敏偷学六大门派的武功是一个由暗中观摩到角色扮演的过程。赵敏想要学哪一门派的武功，便把这门派的掌门押来，先问他投降不投降，若不投降，就派三个番僧和他比武，赵敏在旁边观摩。

"十余名黄袍男子，手中各执兵刃，押着一个宽袖大袍的老者。那人偶一转头，张无忌看得明白，正是昆仑派掌门人铁琴先生何太冲……只听何太冲气冲冲的道：'我既堕奸计，落入你们手中，要杀要剐，一言而决。你们逼我做朝廷鹰犬，那是万万不能，便再说上三年五载，也是白费唇舌。'一个男子声音冷冰冰的道：'你既固执不化，主人也不勉强，你如胜得了我们这里三人，立时放你出去。如若败了，便斩断一根手指。拿剑给他！摩诃巴思，你跟他练练！'那番僧摩诃巴思身材长大，行动却甚敏捷，一柄戒刀使将开来，刀刀斩向何太冲要害。几次猛攻，总是被何太冲以精妙招术反得先机。拆到五十余招后，何太冲一剑东劈西转，斜回而前，托的一声轻响，已戳在那番僧腋下。只听那冷冷的声音说道：'摩诃巴思退！温卧儿上！'

但见赵敏的右足轻轻点动，料想她是全神贯注的在看何太冲和温卧儿比武，约莫一盏茶时分，何太冲叫声：'着！'赵敏的右足在锦凳上一登，温卧儿又败下阵来。只听那黑脸的玄冥老人说道：'温卧儿退，黑林钵夫上。'"①

观摩完毕，赵敏就扮演何太冲，使用何太冲刚刚的武功招数和那三个番僧过招。"忽听得一个娇柔清脆的声音在殿内响道：

'鹿杖先生，昆仑派的剑法果真了得，他刺中摩诃巴思那一招，先是左边这么一劈，右边这么一转……'张无忌又凑眼去瞧，见说话的正是赵敏。她一边说，一边走到殿中，手里提着一把木剑，照着何太冲的剑法使了起来。番僧摩诃巴思手舞双刀，跟她喂招。她练熟了这几招，又叫温卧儿出来，再试何太冲如何击败他的剑法。跟着赵敏和黑林钵夫喂招，使到最后数招时有些迟疑，问道：'鹿杖先生，是这样的么？'鹿杖客沉吟不答，转头道：'鹤兄弟，你瞧清楚了没有？'左首角落里一个声音道：'苦大师一定记得更清楚。'赵敏笑道：'苦大师，劳你的驾，请来指点一下。'只见右首走过来一个长发披肩的头陀，身材魁伟，满面横七竖八的都是刀疤，本来相貌已全不可辨。他头发作红棕之色，自非中土人氏。他一言不发，接过赵敏手中木剑，刷刷刷刷数剑，便向黑林钵夫攻去，使的竟是昆仑派剑法。"②

　　在这一学习过程中，鹿杖客是组织者，赵敏是学习者，苦头陀是指导者。在角色扮演中，赵敏对剧本还不太熟悉，不免忘记了剧情和台词，苦头陀便亲身示范，给予指导。

94

①金庸.倚天屠龙记[M]广州：广州出版社，2015：890-892.
②金庸.倚天屠龙记[M]广州：广州出版社，2015：893.

1. 角色扮演学习法适合哪些知识和技能的学习？

2. 开展角色扮演学习需要注意哪些事项？

拓展与积累

　　角色扮演法是一种设定某种情境与题材、以某种任务的完成为主要目标的教学方法,这种方法让学生扮演自己原来没有体验过的角色或作旁观者,通过行为模仿或行为替代,使学生注意力专注于活动的进行过程,让学生在真实的模拟情景中,体验某种行为的具体实践,以感受所扮角色的心态和行为,把学到的理论知识运用到实际工作中,以帮助学生了解自己,改进提高,掌握知识。

95

　　角色扮演法的一般教学过程有以下几个环节:

　　1. 布置课题:教师根据教学需要,选定某一题材,提出目标与要求;

　　2. 角色分工:挑选"演员"并进行角色分析,各角色间进行排练,同时对旁观者提出要求;

　　3. 布置情境:准备道具,布置情境;

　　4. 表演:进行角色扮演,观察记录;

　　5. 讨论与评价:回顾表演过程,让表演者谈体会,让旁观者发表意见,并根据目标的要求进行总结评价。

沟通与分享

　　你有过角色扮演学习的经历吗? 向你的同学、朋友说一说感受和建议吧。

令狐冲被任我行替换进西湖底下的地牢后，百无聊赖之际，意外发现了任我行刻在席子下面铁板上的内功心法。看守任我行的"梅庄四友"没发现牢中的任我行已经变成了令狐冲，老二黑白子为了学任我行的吸星大法，依旧每两月一次来询问，希望任我行能答应教他。令狐冲探明这一情况后，为求脱困，就假装成任我行，答应要传授黑白子吸星大法。

令狐冲本不知铁板上所刻的内功心法就是吸星大法，为了搪塞黑白子，就把它背得滚瓜烂熟。哪知"睡梦之中，似觉正在照着铁板上的口诀练功，什么'丹田有气，散之任脉'，便有一股内息向任脉中流动，四肢百骸，竟说不出的舒服。过了好一会，迷迷糊糊的似睡非睡，似醒非醒，觉得丹田中的内息仍在向任脉流动……适才在睡梦中练功，乃是日有所思，夜有所梦。清醒时不断念诵口诀，脑中所想，尽是铁板上的练功法门，入睡之后，不知不觉的便依法练了起来。"①

令狐冲在睡梦之中，竟然练成了吸星大法。无独有偶，在金庸先生另一部武侠小说《侠客行》中也有"梦中学"的案例。石破天跟史婆婆学"金乌刀法"时，"石破天一字不识，这些刀法剑法的招名大都是书上成语，他既不懂，自然也记不住，只是用心记忆出刀的部位和手势。史婆婆口讲手比，缓缓而使，石破天学得不对，立加校正……这一晚他便是在睡梦之间，也是翻来覆去的在心中比划着那七十三招刀法。"②

类似的案例在传统章回小说《隋唐演义》中也有，那就是著名的程咬金三板斧的故事。程咬金因贩卖私盐，打死捕快，被判了刑。坐牢三年后，逢隋炀帝大赦天下而出狱。出狱后，程咬金接受母亲教诲和建议，要干正经营生，就去卖柴扒。响马尤俊达有意招揽程咬金，便和他结为兄弟，还教他武功，但程咬金怎么也学不会。有一天夜里，程咬金梦见仙人教了他一套精妙的斧法，就到练武场演练，练到第三招的时候，却被尤俊达喝醒，所以就只学会了三招斧法。

日有所思，夜有所梦。梦中练功，正是因为睡前不断地背诵口诀，比划招式的缘故。

①金庸．笑傲江湖[M]．广州：广州出版社，2015：750.
②金庸．侠客行[M]．广州：广州出版社，2015：251.

扫码看大侠

思考与讨论

1. 你相信在梦中也能学习吗？有没有听过其他"梦中学"的案例？

2. 你有没有尝试闭着眼睛回忆知识？这样做对学习有没有帮助？

勤习常思 沙平画

拓展与积累

　　欧洲文艺复兴时期著名画家达·芬奇在教学生作画时，常常要求他的学生观看某一物体，然后闭上眼睛，慢慢地回想它所有的细节，再重新观看这一物体，检查一下自己头脑中的表象有多少和原物相符合，如此不断强化，以训练绘画技能。这就是一种表象训练法。

　　下面给大家介绍一种晨昏闭眼回忆法：晚上睡觉前，躺在床上闭着眼睛回忆白天学过的内容，越详细越好，如果有些知识回忆不起来，再看一下书本或者笔记，然后安心睡觉。第二天醒来后，别急忙起床，也闭着眼睛重复昨晚睡觉前的回忆步骤，不久，你将会有意外的惊喜。

沟通与分享

　　你有什么独特、有效的学习方法吗？向你的同学、朋友介绍一下吧。

张无忌不但武功高强，医术也很高明。在蝴蝶谷的两年多里，"蝶谷医仙"胡青牛虽然没治好张无忌身上的玄冥寒毒，却让他成了胡青牛第二。

在汉水的渡船上，张三丰救了身受"截心掌"重伤的常遇春，常遇春得知张无忌身中玄冥寒毒无法医治，便在张三丰的应允下带张无忌到蝴蝶谷向他的师伯胡青牛求医。哪知胡青牛倔强如牛，因张无忌不是明教中人不肯施救。常遇春因感激张三丰的救命之恩，提出与张无忌交换，让胡青牛救治张无忌，宁愿自己不医而亡。张无忌所中的玄冥寒毒，是胡青牛一生没见过的疑难绝症，这激起了他要攻克难题的兴趣和决心，便决定要先医好张无忌，而对常遇春却不闻不问。

张无忌感于常遇春舍身让医，也不忍心他就此不治而亡，有心想在胡青牛给他的医书里找出为"截心掌"所伤的医治方法。"于是翻到了第九卷《武学篇》中的《掌伤治法》，但见红沙掌、铁沙掌、毒沙掌、绵掌、开山掌、破碑掌……各种各样掌力伤人的征状、急救、治法，无不备载，待看到一百八十余种掌力之后，赫然出现了'截心掌'。

张无忌大喜，当下细细读了一遍，文中对'截心掌'的掌力论述甚详，但治法却说得极为简略，只说'当从紫宫、中庭、关元、天池四穴着手，御阴阳五行之变，视寒、暑、燥、湿、风五候，应伤者喜、怒、忧、思、恐五情下药。'

张无忌将医经合上，恭恭敬敬放在桌上，说道：'胡先生这部《子午针灸经》博大精深，晚辈是十九不懂，还请指点。什么叫作御阴阳五行之变？'胡青牛解释了几句，突然省悟，说道：'你要问如何医治常遇春吗？嘿嘿，别的可说，这一节却不说了。'

张无忌无可奈何，只得自行去医书中查考，胡青牛任他自看，却也不加禁止。张无忌日以继夜，废寝忘食的钻研，不但将胡青牛的十余种著作都翻阅一遍，其余《黄帝内经》《华佗内昭图》《王叔和脉经》《孙思邈千金方》《千金翼》《王焘外台秘要》等医学经典，都一页页的翻阅，只要与医治截心掌掌伤之法中所提到语句有关的，便细读沉思。"[①]

由于胡青牛说过，常遇春的伤七日之内医治便可痊愈，过了

七日就是治好也会武功尽失。在第六日晚上，张无忌决定冒险给常遇春医治。"张无忌双手颤抖,细细摸准常遇春的穴道,战战兢兢的将一枚金针从他的'关元穴'中刺了下去……过了半晌,常遇春呕出几大口黑血来。回头看胡青牛时,见他虽是一脸讥嘲之色, 但也隐然带着几分赞许。张无忌知道这几下竹针刺穴并未全错,于是进去乱翻医书,穷思苦想,拟了一张药方……到得次日清晨,大雨止歇,常遇春呕血渐少,血色也自黑变紫,自紫变红。常遇春喜道:'小兄弟, 你的药居然吃不死人, 看来我的伤竟是减轻了好多。'……胡青牛盥洗已毕, 慢慢踱将出来,见常遇春脸色红润,精神健旺,不禁吃了一惊,暗道:'一个聪明大胆, 一个体魄壮健, 这截心掌的掌伤, 倒给他治好了。'"②

张无忌给常遇春治伤的过程, 其实就是学习医术的过程,而且具有"PBL"学习法的特征。

①金庸.倚天屠龙记[M].广州:广州出版社,2015: 388-389.
②金庸.倚天屠龙记[M].广州:广州出版社,2015: 390-391.

学而无解六不幸 浙子画

思考与讨论

1. 张无忌给常遇春治伤的勇气来自哪里?

2. 学习上碰到难题,你会怎么办?

拓展与积累

  PBL 是 Problem-Based Learning 的简称,PBL 学习法又称基于问题的学习法或者问题导向学习法。 PBL 学习必须注意以下五点:

  1. 以问题为学习的起点,所有学习活动围绕问题展开;

  2. 问题必须是来自学习、生活、生产中的真实问题;

  3. 以学生为中心,开展自主、合作、探究式学习;

  4. 学习成果是一套能解决问题的产品或方案;

  5. 在每一个问题完成时要进行自我评价或小组评价。

沟通与分享

  尝试一下 PBL 学习法,把你的感悟向同学、朋友分享一下吧。

林玉龙和任飞燕是一对夫妻，由于两人性情都很暴躁，新婚不久，就常常因小事大吵大闹，大打出手。有一位高僧怕这对夫妇反目成仇，终致分手，便传了他夫妇俩一套刀法。这套刀法传给林玉龙的和任飞燕的全然不同，若单独一人使此刀法，没有半点用处。但在共同应敌时，若能相互配合，一个进，另一个便退，一个攻，另一个便守，则威力无穷，任他敌人武功多强，都奈何不了这套"夫妻刀法"。使用这套刀法需要两人形影不离，心心相印，但林、任两人虽都学会了各自的刀法，却没能相辅相成，配成一体，始终格格不入，只练得三四招，夫妻俩就砍砍杀杀自己斗了起来。

后来，他们把刀法分别传给了袁冠南和萧中慧。袁、萧两人情投意合，心意相通。两人联手，"一使开'夫妻刀法'，果真是威不可当，两人并肩打到哪里，哪里便有侍卫或是镖师受伤，七十二路刀法没使得一半，来袭的敌人已纷纷夺门而逃。"①

在金庸武侠小说中，类似的武功还有《神雕侠侣》中《玉女心经》最后一章的武功。"当年古墓派祖师林朝英独居古墓而创下玉女心经，虽是要克制全真派武功，但对王重阳始终情意不减，写到最后一章之时，幻想终有一日能与意中人并肩击敌，因之这一章的武术是一个使玉女心经，一个使全真武功，相互应援，分进合击。"②杨过和小龙女使用这套武功，初出江湖就打败了金轮法王。此外，《侠客行》中的史婆婆自创的"金乌刀法"原本是专门克制"雪山剑法"的，但是，两者合使却能配合得丝丝入扣，威力大增。

除了情侣相互配合的武功外，还有师兄弟合作、共同对敌的"两仪剑法"。以及俩兄弟从小练就的相互配合的武功，如《书剑恩仇录》中的黑、白无常，《飞狐外传》中倪不大、倪不小，《笑傲江湖》中的桃谷六仙等。

两套武功互为补充，相辅相成，因此威力大增。在学习活动中，小组成员合作学习，也能提高学习效率。

① 金庸.鸳鸯刀 [M].广州：广州出版社，2015：257.
② 金庸.神雕侠侣 [M].广州：广州出版社，2015：457-458.

扫码看大侠

思考与讨论

1. 相同的夫妻刀法，林玉龙和任飞燕、袁冠南和萧中慧，使用效果为什么不同？

2. 合作学习需要具备哪些条件？要注意什么问题？

互学互进 渐玉画

拓展与积累

"有匪君子，如切如磋，如琢如磨"（《诗经·卫风》），"相观而善之谓摩""独学而无友，则孤陋而寡闻"（《礼记·学记》），都强调学习者在学习过程中要相互商讨、相互砥砺、共同提高。

志同道合或相邻而居的三五个同学组成一个课外学习互助小组，不但可以通过相互帮助、相互监督、适当竞争来促进学习，还能培养团队精神和合作意识。推选一位有责任心，组织、协调能力较强的同学为组长，给小组取一个具有激励性的名字，确立一个共同的目标。小组内平等、民主，各成员要勇于表达、善于倾听、乐于交流。碰到学习难题相互鼓励、积极思考、及时分享。要有阶段性小结，交流经验和教训，促进下阶段更好地学习。

沟通与分享

在课堂上，老师经常会组织小组合作学习，有什么建议或经验向老师和同学分享的吗？

武侠故事

在长江边的一座土地庙里，雪山派掌门之子白万剑及十八名师兄弟正在总结追捕石中玉行动的得失。

"白万剑在四下察看了一周，众同门又聚在庙中谈论。他叹了口气，说道：'咱们这次来到中原，虽然烧了玄素庄，擒得逆徒石中玉，但孙、褚两位兄弟死于非命，耿师弟他们又陷于敌手，实是大折本派的锐气，归根结底，总是愚兄统率无方。'

众同门中年纪最长的呼延万善说道：'白师哥不必自责，其实真正原因，还是众兄弟武功没练得到家。大伙儿一般受师父传授可是本门中除白师哥、封师哥两位之外，都只学了师尊武学的一点儿皮毛，没学到师门功夫的精义。'另一个胖胖的弟子闻万夫道：'咱们在凌霄城中自己较量，都自以了不起啦，不料到得外面来，才知满不是这么一回事。白师哥，咱们要等到天黑才动身，左右无事，请你指点大伙儿几招。'众师弟齐声附和。"①

于是，雪山派的一干师兄弟就开始了相互观摩、相互学习的活动。先由呼延万善和闻万夫过招，其他人在旁边观摩，白万剑点评。

"忽听得白万剑喝道：'且住！'缓步走到殿中，接过呼延万善手中长剑，比划了一个姿式，说道：'这一招只须再向前递得两寸，早已胜了。'呼延万善点头道：'白师哥指教得是，只是小弟这一招风沙莽莽用到这里时，内力已尽，再也无法刺前半寸。'

白万剑微微一笑，说道：'内力修为，原非一朝一夕之功。但内力不足，可用剑法上的变化补救。本派的内功秘诀，老实说未必有特别的过人之处，比之少林、武当、峨嵋、昆仑诸派，虽说是各有所长，毕竟雪山

扫码看大侠

一派创派的年月尚短，可能还不足以与已有数百年积累的诸大派相较。但本派剑法之奇，实说得上海内无双。诸位师弟在临敌之际，便须以我之长，攻敌之短，不可与人比拼内力，力求以剑招之变化精微取胜。'众师弟一齐点头，心想：'白师哥这番话，果然是说中了我们剑法中最要紧的所在。'当下白万剑将剑法中的精妙变化，一招一式的再向各人指点。呼延万善与闻万夫拆招之后，换上两名师弟。"②

在这次学习活动中，白万剑是个重要的角色，不是师父却担起了师父的职责，发挥着师父的作用。这样的角色称作"导生"，这样的学习组织形式称作"导生制"。

"导生制"又称为贝尔——兰卡斯特制，是由英国的教师贝尔和兰卡斯特共同创设的一种教学组织形式：教师上课前先选择一些年龄较大或较优秀的学生进行教学，然后，把这些学生作为"导生"，每个导生负责把自己刚学的内容教给一组年龄较小或成绩较差的同学。其实，这种教学组织形式早已存在于我国古代的私学里，"业高弟子转相传授"中的"业高弟子"就是后来所谓的"导生"。如东汉时期著名的经学大师马融，门下弟子多达上千人。不过，能直接受教于马融、亲听马融本人讲学的仅是其中的一小部分"升堂弟子"，其余学生的课业均由这些"升堂弟子"转相传授，而很少有机会入室，向马融当面请教的。20世纪30年代，我国著名教育家陶行知先生所提倡的"小先生制"也是这种教学组织形式。

108

①金庸.侠客行 [M].广州：广州出版社，2015：172-173.
②金庸.侠客行 [M].广州：广州出版社，2015：174.

思考与讨论

1. 白万剑能当"导生",其他师兄弟能不能当"导生"?

2. 做"导生"需要哪些素质?

博学真见方为师 衡正画

拓展与积累

　　学者埃德加·戴尔(Edgar Dale)曾提出"学习金字塔"(Cone of Learning)理论:通过阅读的方式一个人能够记住学习内容的10%;聆听的方式能够记住学习内容的20%;看图能够记住30%的内容;看影像、展览、演示,或者现场观摩能够记住50%的内容;而参与讨论和发言能够记住多达70%的学习内容;做报告、给别人讲授以及动手做则能够记住学习内容的90%。如此看来,教授他人是最有效的学习方式。因此,对于"导生"本人来说,教授他人,不但不会浪费时间和精力,反而能使自己的学习更加高效,同时还可以培养组织、表达、沟通等方面的能力,助人为乐的品德和合作精神。在课外学习互助小组中,轮流做一回老师吧,也可以试着给全班、全校的同学上一节课。

沟通与分享

　　做一回"小先生",向同学、朋友分享一下体会和收获吧。

武侠故事

在金庸先生的武侠小说里有许多观摩武林高手拼斗的场景。

场景一：杨过在华山之巅观摩"洪七公与欧阳锋的拼斗"。

"拆了数十招后，杨过见二人虽在对方凌厉无伦的攻击之下总是能化险为夷，便不再挂虑双方安危，只潜心细看奇妙武功。《九阴真经》乃天下武术总纲，他所知者虽只零碎片断，但时见二人所使招数与真经要义暗合，不由得惊喜无已，心想：'真经中平平常常一句话，原来能有这么许多的推衍变化。'……这场拼斗，与适才比拼拳脚又是另一番光景，但见杖去神龙天娇，棒来灵蛇盘舞，或似长虹经天，或若流星追月，只把杨过瞧得惊心动魄，如醉如痴……当晚三人就在岩洞中睡觉……（杨过）翻来覆去的睡不着，思索二人的拳法掌法，越想越兴奋，忍不住起身悄悄比拟，但觉奥妙无穷，练了半夜，直到倦极才睡。"①

在这一场观摩中，杨过把看到的武功招数与武学理论《九阴真经》联系起来，看到了理论在实际中的具体运用和推衍变化。杨过还通过思考与演练，把看到的拳法掌法进行消化吸收，转化为自己的武功。经过这一场观摩，杨过不管在武学修为上，还是武功招数上都有了很大的进步。

场景二：杨过在襄阳城外蒙古帐中观摩"郭靖独战金轮法王、潇湘子和尼摩星"。

"郭靖此时所施展的正是武林绝学'降龙十八掌'。法王等三人紧紧围住，心想他内力便再深厚，掌力如此凌厉，必难持久。岂知郭靖近二十年来勤练《九阴真经》，初时真力还不显露，数十招后，降龙十八掌的劲力忽强忽弱，忽吞忽吐，从至刚之中竟生出至柔的妙用，那已是洪七公当年所领悟不到的神功，以此抵挡三大高手的兵刃，非但丝毫不落下风，而且乘隙反扑，越斗越是挥洒自如。杨过在旁观斗，惊佩不已，他也曾在古墓中练过《九阴真经》，只是乏人指点，

扫码看大侠

不知真经的神奇竟至于斯。他以真经功诀印证郭靖的掌法,登时悟到不少极深奥的拳理,心中默默记习。"②

此时杨过看到的郭靖的掌法,是融合了《九阴真经》的"降龙十八掌",而他正因为没人指点对《九阴真经》领悟不深。此番观摩,杨过把郭靖的掌法与《九阴真经》相印证,进一步理解和领悟了真经的精妙内涵。

场景三:石破天观摩"丁不四单挑关东四大门派掌门"。

"石破天却在一旁瞧得眉飞色舞。这些手法丁不四在长江船上都曾传授过他,只是当时他于武学的道理所知太也有限,囫囵吞枣的记在心里,全不知如何运用。这些日子来跟着父母学剑,剑术固是大进,而一法通,万法通,拳脚上的道理也已领会了不少,眼见丁不四一抓一拿,一勾一打,无不巧妙狠辣,只看得又惊又喜。"③

此时的石破天,领悟了一些武学原理,也记了一大堆武功招数,却不知道怎么运用。这番观摩,让他又惊又喜的,肯定是武功的运用。

场景四:群雄观摩张无忌破解正反两仪刀剑之术。

"这一番剧斗,人人看得怦然心动。只听得何氏夫妇长剑上生出嗤嗤声响,剑气纵横,高矮二老挥刀成风,刀光闪闪,四人步步进逼。张无忌知道若求冲出包围,原不为难,轻功一施,对方四人中无一追赶得上。但自己逃走虽易,要解明教之围,却是谈不上了。眼下之计只有严密守护,累得对方力疲,再行伺机进攻……不料敌方四人都是久临大敌身经百战,越斗得久,越是不敢怠忽,竟半点不见焦躁,沉住了气,绝不贪功冒进。旁观各派中的长老名宿,便指指点点,以此教训本派弟子。"④

这一场观摩是师生共同参与的。为师者,在观摩中凡有所悟,便对弟子指点;为徒者,凡有所疑,便向师父请教。如此观摩,收获最大。

①金庸.神雕侠侣[M].广州:广州出版社,2015:348-350.
②金庸.神雕侠侣[M].广州:广州出版社,2015:720.
③金庸.侠客行[M].广州:广州出版社,2015:366.
④金庸.倚天屠龙记[M].广州:广州出版社,2015:742.

思考与讨论

1. 观摩武林高手拼斗，对习武者有什么帮助？

2. 如何观摩才能更有效果？

须素诚心向真观　游戏画

拓展与积累

　　所谓观摩，应该既有观察，更有揣摩。揣摩包括模仿、思考、印证以及及时的演练，如此，观摩学习才有效。但这一切的前提是仔细的观察，观察是一个有目的、有计划的主动知觉过程，良好的观察力要具有精确性、细致性和敏捷性。要提高观察力首先要明确观察的目的和任务；二要制订观察计划，包括选择观察点、确定观察程序、明确观察要求、选择观察方法等；三要进行观察精确性、细致性和敏捷性的训练；四要做好观察记录、分析、整理，写出观察日记和报告；五要讨论、交流观察过程和成果。

113

沟通与分享

　　你有过观摩学习的体验吗？向你的同学、朋友说一说观摩学习的过程和方法吧。

桃花岛主东邪黄药师的夫人记忆力真是惊人，一个时辰加一盏茶的工夫，硬生生地把一本《九阴真经》背得滚瓜烂熟。

"只见黄夫人一页一页的从头细读，嘴唇微微而动，我倒觉得有点好笑了。《九阴真经》中所录的都是最秘奥精深的武功，她武学一窍不通，虽说书上的字个个识得，只怕半句的意思也未能领会。她从头至尾慢慢读了一遍，足足花了一个时辰。我等得有些不耐烦了，眼见她翻到了最后一页，心想总算是瞧完了，哪知她又从头再瞧起。不过这次读得很快，只一盏茶时分，也就瞧完了。

她把书还给我，笑道：'周大哥，你上了西毒的当了啊，这部不是《九阴真经》！'我大吃一惊，说道：'怎么不是？这明明是师哥遗下来的，模样儿一点也不错。'黄夫人道：'模样儿不错有什么用？欧阳锋把你的经书掉包掉去啦，这是一部算命占卜用的杂书。'

黄夫人道：'这部书我五岁时就读着玩，从头至尾背得出，我们江南的孩童，十九都曾熟读。你若不信，我背给你听听。'说了这几句话，便从头如流水般背将下来。我对着经书瞧去，果真一字不错。我全身都冷了，如堕冰窖。黄夫人又道：'任你从哪一页中间抽出来问我，只要你提个头，我谅来也还背得出。这是从小读熟了的书，到老也忘不了。'我依言从中抽了几段问她，她当真背得滚瓜烂熟，更无半点窒滞。"①

老顽童周伯通依照他师哥王重阳的遗命，将《九阴真经》上、下册分藏两处，当他藏好上册，带着下册前往雁荡山收藏时，途中碰到了黄药师夫妇。黄药师又是请他喝酒，又与他玩打弹子的游戏，又是激他，又是诳他，终于让周伯通拿出《九阴真经》下册给黄夫人看。哪知道黄夫人看过后说：《九阴真经》被欧阳锋调包了，这是一本算命占卜的书。周伯通信以为真，气得当场毁了《九阴真经》下册。

扫码看大侠

同样一部《射雕英雄传》，同样关于《九阴真经》，还有一个与记忆有关的案例。

黄药师为了在郭靖和欧阳克之中选择女婿，出了三道试题，最后一道就是让他们俩同时阅读一遍黄夫人第二次默写的《九阴真经》，然后背诵出来，谁背得又多又正确，谁就胜出。为了干扰欧阳克背诵，黄蓉"慢慢的走了过去，向欧阳克嫣然一笑，道：'欧阳世兄，我有什么好，你干么这般喜欢我？'欧阳克只感一阵迷糊，笑嘻嘻的道：'妹子，你……你……'一时却说不出话来。黄蓉又道：'你且别忙回西域去，在桃花岛多住几天。西域很冷，是不是？'欧阳克道：'西域地方大得紧，冷的处所固然很多，但有些地方风和日暖，就如江南一般。'黄蓉笑道：'我不信！你就爱骗人。'欧阳克待要辩说，欧阳锋冷冷的道：'孩子，不相干的话慢慢再说不迟，快背书罢！'欧阳克一怔，给黄蓉这么一打岔，适才强记硬背的杂乱文字果然忘记了好些。"[2]

① 金庸. 射雕英雄传 [M]. 广州：广州出版社，2015：579-580.
② 金庸. 射雕英雄传 [M]. 广州：广州出版社，2015：633.

思考与讨论

1. 黄夫人记忆《九阴真经》下册的过程
包括哪几个阶段?

2. 有哪些因素会干扰记忆?

悟则转记 浙平画

拓展与积累

　　子曰:学而时习之。即学后要及时复习、时时复习。复习是为了高效地记忆所学知识,要采用多种记忆方法,常用的记忆方法有:

1. 联想记忆法:把要记忆的内容与事物的形象结合起来;

2. 谐音记忆法:利用汉字读音,把要记忆的内容转化为形象的词句;

3. 归类记忆法:根据记忆内容的性质,分为不同的组来记忆;

4. 口诀记忆法:把要记忆的内容编成口诀;

5. 形象记忆法:把要记忆的内容与生动或奇特的形象相结合。

沟通与分享

　　你有什么好的记忆方法吗? 向你的同学、朋友分享一下吧。

武侠故事

逍遥派的独门练功方法独特在哪里呢？且
看金庸先生的描述。

"当下童姥将'天山折梅手'第一路
的掌法口诀传授了他。这口诀七个字一句，
共有十二句，八十四个字。虚竹记性极好，童姥只说了
三遍，他便都记住了。这八十四字甚是拗口，接连七
个平声字后，跟着是七个仄声字，音韵全然不调，倒
如急口令相似。好在虚竹平素什么'悉坦多，钵坦啰''揭
谛，揭谛，波罗僧揭谛'等经咒念得甚熟，倒也不以为奇。

童姥道：'你背负着我，向西疾奔，口中大声念
诵这套口诀。'虚竹依言而为，不料只念得三个字，第
四个'浮'字便念不出声，须得停一停脚步，换一口气，
才将第四个字念了出来。童姥举起手掌，在他头顶拍下，
骂道：'不中用的小和尚，第一句便背不好。'这一下
虽然不重，却正好打在他'百会穴'上。虚竹身子一晃，
只觉得头晕脑胀，再念歌诀时，到第四个字上又是一窒，
童姥又是一掌拍下。

虚竹心下甚奇：'怎么这个'浮'字总是不能顺
顺当当的吐出？'第三次又念时，自然而然的一提真气，
那浮字便冲口喷出。童姥笑道：'好家伙，过了一关！'
原来这首歌诀的字句与声韵呼吸之理全然相反，平心
静气的念诵已是不易出口，奔跑之际更加难于出声，
念诵这套歌诀，其实是调匀真气的法门。"①

由此可见，逍遥派的先辈把"天山折梅手"的口诀和练真气的
方法结合在一起，后辈弟子们在背诵口诀的时候就是在练习内功。
这就相当于相声学员在学习的时候，老师把相声的基础理论、"贯口"
的练习方法等写成"贯口"，学员练习这些"贯口"就既能理解理
论知识，又能掌握训练方法，还能提升基本功，这是理论与实践最
完美的结合。

南宋著名江湖派诗人戴复古在晚年时总结写诗的经验和感悟，
以绝句的形式写成《论诗十绝》，以诗论诗，使内容、形式和方法

扫码看大侠

28.

逍遥派的独门练功方法

的高度统一。下面摘录其中两首：

《论诗十绝》之一

南宋　戴复古

意匠如神变化生，笔端有力任纵横。

须教自我胸中出，切忌随人脚后行。

《论诗十绝》之二

南宋　戴复古

曾向吟边问古人，诗家气象贵雄浑。

雕镂太过伤于巧，朴拙惟宜怕近村。

诗词初学者，如果经常吟诵戴复古的这十首诗，不但可以从诗的内容中领悟诗词的创作方法，还可以借鉴诗人的写作手法。读这样的诗，学习往往能事半功倍！

---

①金庸 . 天龙八部 [M]. 广州：广州出版社，2015：1294-1295.

1. 逍遥派的独门练功方法独特在哪里？
有什么好处？

2. 在各学科的学习中，你使用过类似的
方法吗？

须有自家面目
清平画

拓展与积累

　　"复述"是一种常用的学习策略，如果你要理解一篇文章的核心思想并记住主要内容，可以尝试：（1）删除多余的、不重要的信息；（2）标记或摘录你认为重要的词句；（3）把标记或摘录的要点按一定的顺序排列或者按一定的关系连接；（4）把上述信息表达出来并说明为什么。这样做既能让你理解记忆学习内容，又掌握"复述"这种学习策略。

　　如果你在学习数学、物理、化学的时候，对于定律、原理的内容能倒背如流，公式也记得非常清楚，但解题时就束手无策，你可以按下图所示尝试一下。

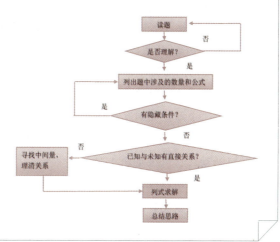

121

沟通与分享

　　你有什么好的学习策略吗？向你的同学、朋友分享一下吧。

周伯通以恶作剧的心理传授郭靖《九阴真经》上的武功，由于他自己不会这门功夫，只能讲授不能示范，又因为郭靖悟性不高，他讲解十句郭靖领悟不了一句，最后他只得让郭靖死记硬背经文内容。那么，郭靖又是如何领悟《九阴真经》的精要妙义的呢？且看郭靖的几个学习活动。

学习活动一："郭靖初看时甚感迷惘，见七子参差不齐的坐在地下与梅超风相斗，大是不解。黄蓉在他耳边说道：'他们是按北斗星座的方位坐的，七个人内力相连，瞧出来了吗？'郭靖得这一言提醒，下半部《九阴真经》中的许多言语，一句句在心中流过，原来不知其意的辞句，这时看了七子出掌布阵之法，竟不喻自明的豁然而悟……此时他对天罡北斗阵的要旨已大致明白，虽然不知如何使用，但七子每一招每一式使将出来，都等如在教导他《九阴真经》中体用之间的诀窍。"①

北斗大法是《九阴真经》的根基法门，经书中多次提到。郭靖虽然把《九阴真经》背得滚瓜烂熟，但他从开始学《九阴真经》的时候就先天不足，那是因为周伯通只口头讲解，没有演示，因此，郭靖缺乏对这门武功具体、形象的感性认知。上述"学习活动一"就弥补了这一不足，郭靖通过观察全真七子的招式，积累感性知识，并与记忆中的经文相互印证，理解了一些百思不得其解的经文的含义，这还只是对经文中一些辞句的个别、分散的理解。

学习活动二："但见北斗七星煜煜生光，猛地心念一动，想起了全真七子与梅超风、黄药师剧斗时的阵势，人到临死，心思特别敏锐，那天罡北斗阵法的攻守趋退，吞吐开阖竟是清清楚楚的宛在眼前……他却仍是不言不语，抬头凝望北方天空，呆呆出神……原来他全神贯注，却在钻研天罡北斗阵的功夫，此时正当专心致志、如痴如狂的境界……潜思全真七子当日在牛家村所使的阵法，再和背得滚瓜烂熟的《九阴真经》经文反复参照，许多疑难不明之处，一步步在心中出现了解答。《九阴真经》为前辈高人自道藏中所悟，与马钰所传的全真教道家内功、全真七子的天罡北斗阵皆是一脉相传，只不过是更为高深奥妙而已，只是郭靖悟心实在太差，事隔多月，始终领会不到其间的关连之处，此时，见到天上北斗，这才隐隐约约的想到了。"②

扫码看大侠

这一学习活动表明郭靖能够通过联想、潜心思考，钻研透了天罡北斗阵法，并把全真派的内功和《九阴真经》上的武功联系起来。由于郭靖跟马钰道长学过全真派的内功，而周伯通又向他系统地讲解过全真派内功心法，通过修习空明拳，郭靖领悟了全真派内功的要义，又在与周伯通的双手互搏游戏中加以实践运用。因此，郭靖对全真派内功已经有了较为完善的了解。能把《九阴真经》与全真派的内功联系起来，说明郭靖对《九阴真经》已经有了整体的认知和理解。

学习活动三："郭靖此时武功见识俱已大非昔比，站在一旁见他出指舒缓自如，收臂潇洒飘逸，点这三十六处大穴，竟使了三十般不同手法，每一招却又都是堂庑开廓，各具气象，江南六怪固然未曾教过，九阴真经的'点穴篇'中亦未得载，真乃见所未见，闻所未闻，只瞧得他神驰目眩，张口结舌……郭靖心道：'当与高手争搏之时，近斗凶险，若用这手法，既可克敌，又可保身，实是无上妙术。'凝视观看一灯的趋退转折……郭靖突然心中一动：'啊，《九阴真经》中何尝没有？只是我这蠢才一直不懂而已。'心中暗诵经文，但见一灯大师出招收式，依稀与经文相合，只是文中但述要旨，一灯大师的点穴法却更有无数变化。一灯大师此时宛如现身说法，以神妙武术揭示《九阴真经》中的种种秘奥。郭靖未得允可，自是不敢去学他的一阳指，然于真经妙旨，却已大有所悟。"③

"学习活动三"中的郭靖已经能通过观摩，不由自主地把别派的武功与自己身上的九阴真经功夫联系起来，取他人之长，补自己武功结构中的不足。郭靖将一灯大师精彩的一阳指功夫与《九阴真经》相联系，并从中领悟到许多奥秘，这使他对《九阴真经》的认知结构逐渐丰满起来。

学习活动四：是一灯大师钻研《九阴真经》后，把他的理解讲解给郭靖。有了前面的三个学习活动，一灯大师的讲解会让郭靖更容易理解和接受。

学习活动五：是一种实践活动，就是郭靖和西毒欧阳锋在西域石屋中的一次次搏斗。

梳理一下郭靖领悟《九阴真经》的学习活动，可以清晰看到这样一个脉络：熟记经文内容、观摩验证、联想思考、交流互动、实践修正。

①金庸．射雕英雄传 [M]．广州：广州出版社，2015：871.
②金庸．射雕英雄传 [M]．广州：广州出版社，2015：917-925.
③金庸．射雕英雄传 [M]．广州：广州出版社，2015：1009-1010.

思考与讨论

1. 文中提到的五个学习活动对郭靖领悟《九阴真经》各起到什么作用？

2. 记忆和理解之间有什么关系？

惜真为用 浙平玉

拓展与积累

　　熟记内容是领悟知识内涵的基础和前提，只有记住了这些内容，以后才有机会慢慢理解和领悟。

　　如果一时不能理解知识内涵，除了求助老师解释、说明、分析外，还可以通过参观、实验、观察演示、动手操作等积累感性经验，再把这些感性知识与熟记的内容相互印证，也许更能促进对知识的理解。

　　在理解和领悟知识的内涵时，独立思考是最重要的。先逐字逐句地理解，再通过联想和联系整体理解，形成完整的认知结构；或者先形成一个大概的模糊的结构，再逐步清晰完善。在这个过程中，同学和老师交流，参考别人的经验，可以起到提示、启发、警醒等作用。

　　实践既是学习的一种重要手段，又是学习的目的。实践可以促进知识的理解和巩固，在实践中反馈、反思、印证、修正。如此，知识才能内化，认知结构才能不断完善、丰满，能力才能不断提高。不然，终究是纸上谈兵。

沟通与分享

　　你是如何理解和领悟知识内涵的？向你的同学、朋友分享一下经验吧。

武侠故事

　　因为一只鸡屁股，郭靖和黄蓉得以结识九指神丐洪七公，在黄蓉的"捧""激""求""诱"之下，洪七公嘴馋，贪口福之欲，便拿武功换了黄蓉的精美小菜，他自己也就成了郭靖和黄蓉的共同师父。

　　洪七公是顶尖高手，武学修为广博精深，教起武功来也是高明之极，在吃喝之余，在呼呼大睡之后，轻松地完成教学工作。"师父领进门，修行在个人。"郭靖学习得法，又能勤学苦练，在一个半月内就掌握了盖世神功——降龙十八掌的前十五掌，并小有成就。

　　洪七公是怎么教的？郭靖又是怎么学的呢？且看看郭靖学习降龙十八掌第一招"亢龙有悔"时的情景。

　　"（洪七公）说着左腿微屈，右臂内弯，右掌划了个圆圈，呼的一声，向外推去，手掌扫到面前一棵松树，喀喇一响，松树应手断折。"[①]在教学伊始，洪七公先进行了威力展示，这是学习的第一步：实效展示，目标激励。这样的展示对郭靖来说该是多么的震撼，马上激起他强烈的学习欲望。

　　"当下（洪七公）把姿式演了两遍，又把内劲外铄之法、发招收势之道，仔仔细细解释了一通。"[②]这是学习的第二步：技能演示，要点讲解。这是技能教学的重要环节，教师必须讲、演结合，学生必须眼、耳、手、心并用。目的是让学生明确"做什么"和"怎么做"，在头脑中形成技能动作的认知结构。

　　"郭靖资质驽钝，内功却已有根柢，学这般招式简明而劲力精深的武功，最是合适，当下苦苦习练，两个多时辰之后，已得大要。"[③]这是学习的第三步：模仿印证，重复练习。这一环节就是要让学生进行重复的模仿练习，目的有两个，一是让自己的动作与头脑中的认知结构相互印证，做到动作准确；二是使技能动作慢慢熟练。

　　"郭靖拉开式子，挑了一棵特别细小的松树，学着洪七公的姿势，对准树干，呼的就是一掌。那松树晃了几晃，竟是不断。洪七公骂道：'傻小子，你摇松树干甚么？捉松鼠么？捡松果么？'郭靖被他说得满脸通红，讪讪的笑着。洪七公道：'我对你说过：要教对方退无可退，让无可让。你刚才这一掌，劲道不弱，可是

扫码看大侠

松树一摇，就把你的劲力化解了。你先学打得松树不动，然后再能一掌断树。'"④这是学习的第四步：充分展示，评价激励。可以看出来，洪七公的评价是一种激励性、发展性的评价，既肯定优点，指出不足，又分析原因，指明方向。

"（洪七公）又道：'这一招叫作亢龙有悔，掌法的精要不在亢字而在悔字。倘若只求刚猛狠辣，亢奋凌厉，只要有几百斤蛮力，谁都会使了……亢龙有悔，盈不可久，因此有发必须有收。打出去的力道有十分，留在自身的力道却还有二十分。哪一天你领会到了这悔的味道，这一招就算是学会了三成。好比陈年美酒，上口不辣，后劲却是醇厚无比，那便在于这个悔字。'"⑤这是学习的第五步：理论指导，知其所以。理论对实践有指导作用，让学生知道为什么这么做，能促进学生做得更好。

"郭靖茫然不解，只是将他的话牢牢记在心里，以备日后慢慢思索……当下专心致志的只是练习掌法，起初数十掌，松树总是摇动，到后来劲力越使越大，树干却越摇越微，自知功夫已有进境，心中甚喜，这时手掌边缘已红肿得十分厉害，他却毫不松懈的苦练……郭靖练到后来，意与神会，发劲收势，渐渐能运用自如。'"⑥这是学习的第六步：模拟实训，练中感悟。洪七公的理论指导虽然很形象生动，易于理解，但郭靖还是茫然不解，这就需要在模拟训练中慢慢体会、感悟。

"郭靖刚出松林，只见梁子翁已挡在身前，大惊之下，便即蹲腿弯臂、划圈急推，仍是这招亢龙有悔。梁子翁不识此招，但见来势凌厉，难以硬挡，只得卧地打滚，让了开去……郭靖又是一招亢龙有悔。梁子翁眼看抵挡不住，只得又是跃开，但见他并无别样厉害招术跟着进击，忌惮之意去了几分，骂道：'傻小子，就只会这一招么？'郭靖果然中计，叫道：'我单只这一招，你就招架不住。'说着上前又是一招亢龙有悔。梁子翁旁跃逃开，纵身攻向他身后。郭靖回过头来，待再攻出这一招时，梁子翁早已闪到他身后，出拳袭击。三招一过，郭靖只能顾前，不能顾后，累得手忙脚乱。'"⑦这是学习的第七步：实战演练、结果激励。通过和梁子翁的实战演练，让郭靖看到所学亢龙有悔的威力，同时也意识到仅仅学一招是不够的，激发他学习后续功夫的欲望。

①—③金庸.射雕英雄传[M].广州：广州出版社，2015：400.

④—⑥金庸.射雕英雄传[M].广州：广州出版社，2015：401-402.

⑦金庸.射雕英雄传[M].广州：广州出版社，2015：405.

日练日进 清羊画

思考与讨论

1. 郭靖学习降龙十八掌第一招"亢龙有悔"的过程对你有什么启示？

2. 你如何理解"师父领进门，修行在个人"？

拓展与积累

　　反复练习是学习和掌握技能的重要环节，为了提高练习的成效，必须注意以下几点：

　　1. 不断提高练习的目标和要求。

　　技能的熟练不是依靠盲目而机械的重复练习实现的，必须在练习过程中不断提高目标和要求。开始训练时要力求动作的正确性和规范性，这样才能使练习的质量得到保证。其次，要不断提高动作的速度与准确度。

　　2. 正确处理练习的时间分配。

　　心理学家金布尔和沙特尔曾做过一个大学生应用裁纸机裁纸的实验，他们将学生分为四组，练习 20 次，每次一分钟。第一组每次练习后有 45 秒钟的休息，第二组有 30 秒钟的休息，第三组有 5 秒钟的休息，第四组不休息，一直持续工作。结果，休息的时间越长，其成绩越好；而不休息的，其成绩最差。

　　过分集中与过量的练习会造成疲劳，降低练习效果。但是，每次练习如果没有足够的运动量，对增进耐力、促进熟练等也是不利的。

　　各次练习时间的间隔不宜过长，否则将因遗忘而降低练习的成效。另外，各次练习的时间间隔也不宜机械相等。总的说来，要依据遗忘规律，在练习的分布方面要注意先密后疏。

　　3. 练习结果的处理。

　　第一，要让练习者及时知道练习的结果。研究表明，及时告知练习结果有助于提高练习的成绩。第二，在练习结果的处理中，不仅要使练习者了解其动作的正确与否，同时要使练习者知道其错误的性质与数量，以及错误的原因及改进方法。

沟通与分享

你是否希望你的老师们个个像洪七公？那你有什么建议或想法要对老师讲吗？

张无忌第二次上武当山的时候，不仅已经拔除了体内"玄冥掌"的阴寒之毒，还练就了九阳真经和乾坤大挪移两门神功，当上明教的教主。为了对付赵敏的爪牙，在武当山上张无忌先用刚刚旁学的太极拳，惩罚了西域"金刚门"的阿三、阿二，再用现场学会的太极剑战胜了阿大"八臂神剑"方东白。

太极拳和太极剑是张三丰不久前自创的绝世武功，张无忌学这两门武功的情况非常特殊，太极拳是张三丰传授给俞岱岩时，他旁听的。太极剑是张三丰当着敌我双方众多武林人士的面，传授给他的，而且这教学过程，连周颠这样的高手也看不懂。

张三丰先缓缓演示了一遍，张无忌在观摩时，却不记招式，只是细看剑招之中蕴涵的"神在剑先，绵绵不绝"之意。如此慢吞吞、软绵绵的剑法已让现场众人疑惑，演示观摩之后的一场师生互动，更是令人诧异万分。

"只听张三丰问道：'孩儿，你看清楚了没有？'张无忌道：'看清楚了。'张三丰道：'都记得了没有？'张无忌道：'已忘记了一小半。'张三丰道：'好，那也难为了你。你自己去想想吧。'张无忌低头默想。过了一会，张三丰问道：'现下怎样了？'张无忌道：'已忘记了一大半。'

周颠失声叫道：'糟糕！越来越忘记得多了。张真人，你这路剑法是很深奥，看一遍怎能记得？请你再使一遍给我们教主瞧瞧罢。'

张三丰微笑道：'好，我再使一遍。'提剑出招，演将起来。众人只看了数招，心下大奇，原来第二次所使，和第一次使的竟然没一招相同。周颠叫道：'糟糕，糟糕！这可更加叫人胡涂啦。'张三丰画剑成圈，问道：'孩儿，怎样啦？'张无忌道：'还有三招没忘记。'张三丰点点头，放剑归座。

张无忌在殿上缓缓踱了一个圈子，沉思半晌，又缓缓踱了半个圈子，抬起头来，满脸喜色，叫道：'这

扫码看大侠

我可全忘了，忘得干干净净的了。'张三丰道：'不坏，不坏！忘得真快，你这就请八臂神剑指教罢！'说着将手中木剑递了给他。张无忌躬身接过，转身向方东白道：'方前辈请。'周颠抓耳搔头，满心担忧。"①

张无忌就凭这一套忘光了的太极剑法，与方东白激斗三百余招。方东白连换六七套剑法，极尽纵横变幻之能事，也奈何不了张无忌，反而越斗越害怕，最后，被张无忌斩下了一条手臂。

张无忌真的忘记了太极剑吗？他忘记的是剑招，领悟到的是剑意。正如金庸先生所说："要知张三丰传给他的乃是'剑意'，而非'剑招'，要他将所见到的剑招忘得半点不剩，才能得其神髓，临敌时以意驭剑，千变万化，无穷无尽。倘若尚有一两招剑法忘不干净，心有拘囿，剑法便不能纯。"②

换一句话说，张无忌忘记的是剑术，领悟到的是剑道。道是根本，术是表象，术终有穷尽之时。能悟得道，道能生术，无穷无尽。张三丰第一次演示和第二次演示的剑招完全不同，其实他还有第三套、第四套，甚至第一百套太极剑法。因此，学习的最终目的是悟道，学术只是借以悟道。

133

① 金庸. 倚天屠龙记 [M]. 广州：广州出版社，2015：855.
② 金庸. 倚天屠龙记 [M]. 广州：广州出版社，2015：856.

31.
张无忌真的忘记了太极剑吗？

金庸武侠之成长秘笈

1. 张无忌为什么要忘记剑招?

2. 张无忌学太极剑的过程对你的学习有什么启发?

心无所傅渐渐新境　浙手画

拓展与积累

　　有效的学习是一个理解、内化并运用知识和技能,丰富和完善自身的认知结构,提升自身素养的过程。有效的学习第一要激活原有的认知结构理解学习内容;第二要用自己的方式提炼学习内容的核心知识和技能,并理清它们之间的关系;第三要把核心知识和技能与原有的认知结构联系起来,并融会贯通;第四要尝试运用这些知识和技能去解决实际问题;第五要结合其他知识和技能,去解决综合性的问题。

沟通与分享

　　学习要融会贯通、举一反三,向你的同学、朋友分享一下这方面的经验吧。

134

在金庸武侠小说里，有多处涉及闭关修炼的描写。闭关修炼者往往都是武学修为很高的泰斗级人物，如张三丰、王重阳等。他们为什么要闭关修炼呢？原因是要在一个不受外界干扰的安静环境中，潜心修炼。按金庸先生的描写，闭关修炼有以下四种情况。

32.

武林高手的闭关修炼

第一种：闭关是为了修炼一门高深的武功。比如《笑傲江湖》中的任我行，为了潜心修炼"吸星大法"，把日月神教的一应大权都交给了东方不败，教中一切日常事务都由东方不败全权处理。虽然没有形式上的闭关，实质上与闭关修炼差不多。

第二种：闭关修炼是为了把所学武功融会贯通。比如《倚天屠龙记》中的张无忌，第二次上武当山的时候，在山上留居了数月，不但学会了太极拳和太极剑。还不时"向张三丰请教武学中的精微深奥，终致九阳神功、乾坤大挪移、再加上武当绝学的太极拳剑，三者渐渐融成一体"。[①]

如果说第一种是一个人自主探究式闭关修炼的话，那么，第二种就是在师长指导下的闭关修炼。接下来的第三种则是小组合作式的闭关修炼。

第三种：闭关修炼是为了破解难题。比如《神雕侠侣》中的丘处机等人，"全真七子之中，谭处端早死，此时马钰也已谢世，只剩下了五人。刘处玄任了半年掌教，交由丘处机接任。五子均已年高，精力就衰，想起第三、四代弟子之中并无杰出的人才，古墓派上山寻仇之时，倘若全真五子尚在人间，还可抵挡得一阵，但如小龙女等十年后再来，那时号称天下武学正宗的全真派非一败涂地不可。因此五人决定闭关静修，要钻研一门厉害武功出来和古墓派相抗……猛听得砰嘭一声震天价大响，砂石飞舞，烟尘弥漫，玉虚洞前数十块大石崩在一旁，五个道人从洞中缓步而出，正是丘处机、刘处玄等全真五子。"[②]这一个多月之中，五个人殚精竭虑，日夜苦思，终于创出了一招"七星聚会"。

第四种：闭关修炼是为了创新发明。比如《倚天屠龙记》中的张三丰，自九十五岁后，每年都闭关九个月。张三丰的武功得之于《九阳真经》，因当年他的师父觉远和尚自身不会武功，传授《九阳真经》时，又不是有意为之，所以，张三丰于《九阳真

扫码看大侠

经》所知不全，自认为武当派的武功有缺陷。张三丰"心想于《九阳真经》既所知不全，难道自己便创制不出？他每年闭关苦思，便是想自开一派武学，与世间所传的各门各派武功全然不同"。③经过多年的闭关，张三丰终于创出了太极拳和太极剑。

所谓闭关，也不是都要像全真五子那样把自己关在山洞里。闭关其实只是需要一个清静的、能专心学习、思考和演练的地方。如："张三丰闭关静修的小院在后山竹林深处，修篁森森，绿荫遍地，除了偶闻鸟语之外，竟是半点声息也无。"④

①金庸.倚天屠龙记[M].广州：广州出版社，2015：900.
②金庸.神雕侠侣[M].广州：广州出版社，2015：850-880.
③金庸.倚天屠龙记[M].广州：广州出版社，2015：275.
④金庸.倚天屠龙记[M].广州：广州出版社，2015：826.

思考与讨论

1. 我们的日常学习需要"闭关修炼"吗?

2. "闭关修炼"和"头脑风暴"各有什么优缺点? 可以结合起来运用吗?

拓展与积累

　　闭关修炼实际上是一种高层次的、综合的、创造性的学习,是一种反思和实践相结合的学习。闭关修炼者需要反思自身的认知结构和各种素养水平,要比较自身与高手之间的差距,要分析问题存在的原因,要找出解决问题的方案,并且要通过演练验证设想和解决问题的方案的可行性。反思、学习、实践要不断的周而复始地进行,直到"武功"练成,融会贯通,解决难题或创生出新的"武功"。

沟通与分享

　　复习的时候是否更需要"闭关修炼"? 你是怎么复习的? 向你的同学、朋友分享一下吧。

33.

天龙寺高僧的对话

"既学众家，不如专精一艺。"这是金庸先生评论江南六怪教郭靖学武时说的。"江南六怪各有不凡艺业，每人都是下了长期苦功，方有这等成就，要郭靖在数年间尽数领悟练成，就算聪明绝顶之人尚且难能，何况他连中人之资都还够不上呢。江南六怪本也知道若凭郭靖的资质，最多只能单练韩宝驹或南希仁一人的武功，二三十年苦练下来，或能有韩南二人的一半成就。张阿生若是不死，郭靖学他的质朴功夫最是对路。但六怪一意要胜过丘处机，明知'既学众家，不如专精一艺'的道理，总不肯空有一身武功，却眼睁睁的袖手旁观，不传给这傻徒儿。"①

这句话的道理，江南六怪是懂的，但知行不能合一，偏偏反其道而行之。郭靖尽管咬紧牙关，埋头苦练，但武功进步甚慢，因而常常责怪自己太笨，也逐渐丧失了学武的信心。

郭靖的众多武功是他师父硬塞给他的，而杨过的诸般武功，则是他自己主动学的。"法王笑道：'杨兄弟，你的武功花样甚多，不是我倚老卖老说一句，博采众家固然甚妙，但也不免驳而不纯，你最擅长的到底是哪一门功夫？'这几句话可将杨过问得张口结舌，难以回答。他一生遭际不凡，性子又是贪多务得，全真派的、欧阳锋的、古墓派的、九阴真经、洪七公的、黄药师的，诸般武功着实学了不少。这些功夫每一门都是奥妙无穷，以毕生精力才智钻研探究，亦难以望其涯岸，他东摘一鳞，西取半爪，却没一门功夫练到真正一流的境界。遇到次等对手之时，施展出来固然是五花八门，叫人眼花缭乱，但遭遇到真正高手，却总是相形见绌，便和金轮法王的弟子达尔巴、霍都相较，也是颇有不及。他低头凝思，觉得金轮法王这几句话实是当头棒喝，说中了他武学的根本大弊。"②

"贪多嚼不烂"这话俗语，简单明了地解释了为什么"既学众家，不如专精一艺"。在《天龙八部》中，天龙寺枯荣大师耐心细致地解释了这句话。

"本因、本观、本相、本参四僧见了鸠摩智献演三种指力，都不禁怵然心动，知道三卷奇书中所载，

扫码看大侠

确是名闻天下的少林七十二门绝技，是否要将'六脉神剑'的图谱另录副本与之交换，确是大费踌躇。

本因道：'师叔，明王远来，其意甚诚。咱们该当如何应接，请师叔见示。'

枯荣大师道：'本因，咱们练功习艺，所为何来？'

本因方丈没料到师叔竟会如此询问，微微一愕，答道：'为的是弘法护国。'

枯荣大师道：'外魔来时，若是吾等道浅，难用佛法点化，非得出手降魔不可，该用何种功夫？'

本因道：'若不得已而出手，当用一阳指。'

枯荣大师问道：'你在一阳指上的修为已到第几品境界？'

本因额头出汗，答道：'弟子根钝，又兼未能精进，只修得到第四品。'

枯荣大师再问：'以你所见，大理段氏的一阳指与少林拈花指、多罗叶指、无相劫指三项指法相较，孰优孰劣？'

本因道：'指法无优劣，功力有高下。'

枯荣大师道：'不错。咱们的一阳指若能练到第一品，那便如何？'

本因道：'渊深难测，弟子不敢妄说。'

枯荣道：'倘若你再活一百岁，能练到第几品？'

本因额上汗水涔涔而下，颤声道：'弟子不知。'

枯荣道：'能修到第一品么？'

本因道：'决计不能。'

枯荣大师就此不再说话。

本因道：'师叔指点甚是，咱们自己的一阳指尚自修习不得周全，要旁人的武学奇经作甚？明王远来辛苦，待敝寺设斋接风。'"③

①金庸.射雕英雄传[M].广州：广州出版社，2015：166.
②金庸.神雕侠侣[M].广州：广州出版社，2015：531.
③金庸.天龙八部[M].广州：广州出版社，2015：354.

思考与讨论

1. 你认为学习要"博采众长"还是要"专精一艺"？

2. 如何才能"专精一艺"？

142

拓展与积累

如要"专精一艺"，首先要选择合适的"艺"，你所选择的"艺"必须是你喜欢的，能发挥你的优势和特长的，更重要的是"艺"成之后能成就你的美好人生。第二，学习"艺"的目标不仅仅在于获取相关知识和技能，更重要的是训练、思维方式、掌握运用方法等。第三，学"艺"的方法必须科学有效，学习时要及时反馈，以便调节学习进程。第四，学"艺"要保持充沛的动力，要有学习成功的体验，取得成绩时要给自己一些奖赏。第五，既要勤学苦练，又要劳逸结合，专注地学习一段时间后，要休息一下，百思不得其解时，可以睡一觉再学。

沟通与分享

你有什么优势和特长？你打算如何在你的人生规划中发挥自己的优势和特长？向你的同学、朋友或师长说一说吧。

34.

梅超风的「高原现象」

"梅超风听音辨形，手指连弹，只听得铮铮铮铮一阵响过，数十枚钱镖分向欧阳、梁、沙、彭四人射去。她同时问道：'什么叫作攒簇五行？'郭靖道：'东魂之木、西魄之金、南神之火、北精之水、中意之土。'梅超风道：'啊哟，我先前可都想错了。什么叫作和合四象？'郭靖道：'藏眼神、凝耳韵、调鼻息、缄舌气。'梅超风喜道：'原来如此。那什么叫五气朝元？'郭靖道：'眼不视而魂在肝、耳不闻而精在肾、舌不吟而神在心、鼻不香而魄在肺、四肢不动而意在脾，是为五气朝元。'"①

从梅超风和郭靖的一问一答中我们知道，梅超风和陈玄风从她们师父黄药师处偷得半部《九阴真经》后，躲在深山里苦练，武功进展迅速，又因心狠手辣，初出江湖就被人称作"黑风双煞"。可是半年以后，两人的武功停滞不前，原因是《九阴真经》后面所写的话，她们看不懂，想破了头也想不明白。阴差阳错，郭靖因躲避梁子翁而误入梅超风练功的山洞。梅超风得知郭靖曾经跟马钰道长学过正宗玄门内功，就一把抓住郭靖，一边帮他退敌，一边逼问道家内功秘诀。

她所问的"和合四象""五气朝元"这些都是道家修练的关键性行功，在《九阴真经》中一再提及，却没有阐明行功的法门。梅超风十余年苦思不得其解，得郭靖指点而恍然大悟，欣喜若狂。

武功练到一定程度出现停滞不前的情况，杨过也碰到过。杨过跟小龙女学了两年后，古墓派武功已基本学全，师徒俩决定参悟王重阳留下的全真派武功。"杨过练了几日，这时他武功根柢已自不浅，许多处所一点即透，初时进展极快。但十余日后，突然接连数日不进反退，愈练愈是别扭。小龙女和他拆解研讨，却也感到疑难重重。杨过心下烦躁，大发自己脾气。"②

小龙女以前和她师父练这些武功时，也曾遇到这样的情况，因为是全真派的武功，她们不在意就没有深究下去，放弃了修习。小龙女提醒杨过，只要有全真派的内功心法口诀，就可以参详王重阳的武功。赵志敬曾传授过杨过《全真大道歌》，正是练功要诀，

扫码看大侠

杨过还记得清清楚楚，就逐一背了出来。"小龙女一加推究，指出其中关键，杨过立时明白了。数月之间，两人已将王重阳在室顶所留的武功精要大致参究领悟。"③

这种情况在现代教学论中称作"高原现象"。复杂的操作技能的习得，需要经过长期练习，在长期练习的过程中，往往出现成绩停滞不前甚至有所下降的现象，就是"高原现象"。

"高原现象"产生的主要原因有：提高成绩的新的活动结构和方法尚未形成；练习方法不当，一时无法突破困难；心理上和生理上产生疲劳；动机强度减弱，兴趣降低，甚至产生厌倦等消极情绪；意志品质差，缺乏继续提高的勇气和信心等。突破"高原现象"，成绩就会有新的进步。有些"高原现象"是容易克服的，如疲劳。有些就难以克服，必须经过特殊的训练，如来自心理的障碍，就需要有特殊的心理训练。

① 金庸. 射雕英雄传 [M]. 广州：广州出版社，2015：351.
② 金庸. 神雕侠侣 [M]. 广州：广州出版社，2015：176-177.
③ 金庸. 神雕侠侣 [M]. 广州：广州出版社，2015：177.

思考与讨论

1. 梅超风和杨过练功中出现"高原现象"的原因是什么？他们是如何克服的？

2. 如果你在学习中碰到"高原现象"，你会怎么做？

望梅不止渴

浙平画

拓展与积累

　　坚强的意志力对于克服"高原现象"在主观上有着重要的作用。锻炼意志力，一要坚定目标，毫不动摇；二要有自信心和充满热情、脚踏实地地行动；三要有恒心，坚持朝着目标正确行动；四要有自制力，能控制和调节自己的不良情绪，能抵制外部不利因素的诱惑和干扰；五要决不拖延，今日事今日毕。

沟通与分享

　　你曾经克服了哪些"高原现象"？向你的同学、朋友分享一下吧。

武林各门派在传徒授艺时，都会定时或不定时的考查门人弟子的武功。"全真派中自王重阳传下来的门规，每年除夕前三日，门下弟子大较武功，考查这一年来各人的进境。众弟子见较武之期渐近，日夜勤练不息。这一天腊月望日，全真七子的门人分头较艺，称为小较。"①可见，全真道士每年年终要大考，而且考查有三个环节，一是演艺，即展示拳脚、器械、暗器、内功等功夫；二是比武；三是师长讲评，定出甲乙丙丁等第。

不仅全真派对门人弟子有年终大较，少林寺也有。"这一年中秋，寺中例行一年一度的达摩堂大校，由方丈及达摩堂、罗汉堂两位首座考较合寺弟子武功，查察在过去一年中有何进境。众弟子献技已罢，达摩堂首座苦智禅师升座品评。"②

同门师兄弟比武，有一弊端。如果师兄弟之间关系融洽，没有怨仇的，自然会点到为止。如果平时有积怨的，比武时就有可能出现血腥的场面，有些甚至会借机致对方于死地。如《神雕侠侣》中杨过与鹿清笃在年终大较时的比武，鹿清笃就是借机毒打杨过，杨过吃打不过，气愤难忍，只得用"蛤蟆功"震晕了鹿清笃，趁机逃离重阳宫。

因此，一些门派改用人与物之间的比拼。如：少林俗家弟子如果自认为已经学有所成，想要出师，就得通关十八铜人阵。这十八铜人阵就是少林俗家弟子的毕业考试试卷。有些师长还用动物来考较弟子的武功，如《碧血剑》中木桑道长，在教了袁承志轻身和暗器功夫后，就让他与两头猩猩较量。

全真派的"年终大较"门规，可以与现代学校的学生学业水平评价制度相媲美。评价不仅仅是甄别和选拔，更重要的是引导和激励。因此，师长的讲评非常重要。

①金庸.神雕侠侣[M].广州：广州出版社，2015：127.
②金庸.倚天屠龙记[M].广州：广州出版社，2015：54.

扫码看大侠

1. 如果把全真派的年终大较看作现代学校的期末考试，你认为有什么作用？

2. 你是如何应对期末考试的？

拓展与积累

　　在复习的时候，如果能做到以下几点，应对考试会更加从容。

　　1. 理解每一章节的知识点，并理清它们之间的关系，在头脑中形成一棵知识树，不时地回忆这棵树上的叶子和枝条；

　　2. 会做老师在复习中提供的所有练习题和课后作业，并能列出解题纲要；

　　3. 碰到不能理解的知识点和不会做的题目，及时向同学或老师请教，弄懂弄通为止；

　　4. 找一个同学一起复习并互相提问；

　　5. 可以有适度焦虑，但不能太紧张，保证合理的睡眠。

149

沟通与分享

　　你有什么好的复习方法？和同学们交流一下吧。

创新篇

《侠客行》中的丁不三、丁不四两兄弟，就武功而言也算是武林高手了，但是为人处世不三不四，不正不邪。虽然杀人不眨眼，但也算不上是杀人恶魔，只是心中没有是非善恶之分，行事但凭个人喜恶。这两兄弟的武功在伯仲之间，单凭祖传的武功丁不三更加厉害些，但赏善罚恶二使为什么只请丁不四上侠客岛喝腊八粥呢？

丁不四能上侠客岛的原因与梅文馨一样，是因他们于祖传功夫之外，自创了一套武功。有龙岛主的话为证，"龙岛主道：'梅女侠这套剑法，平心而论，自不及丁家武功的精奥。不过梅女侠能自创新招，天资颖悟，这些招术中又有不少异想天开之处，因此我们邀请来到敝岛，盼能对那古诗的图解提出新见。至于梅花拳么，那是祖传之学，也还罢了。'"[①]

侠客岛的龙、木二位岛主每隔十年都要请一批中原武林高手上岛的原因，读者阅读到最后才知道是为了破解李白的《侠客行》诗中蕴藏的武功之谜。但是，三十年来，在石中坚上岛之前，龙、木二位岛主及其弟子加上众多的武林高手，无一能够破解。因此，龙、木二位岛主非常重视有创新能力的武林人士，希望他们能提出新的见解。丁不四和梅文馨这一对冤家情人，虽然武功算不上顶尖高手，但丁不四为了得到史小翠的青睐，自创了一套"金龙鞭法"，梅文馨则自创了一套专门克制丁不四武功的剑法，所以丁、梅两人被请上了侠客岛。如果龙、木二位岛主早点知道史小翠也自创了专门对付"雪山剑法"的"金乌刀法"，史小翠肯定也会被请上侠客岛。

①金庸.侠客行[M].广州：广州出版社，2015：531.

扫码看大侠

思考与讨论

1. 你认为创新能力对一个人的发展会起到什么样的作用?

2. 如何培养一个人的创新能力?

创新即进步 谢王玉

拓展与积累

创新对于科技进步和社会的发展是非常重要的,创新对于个人来说是一种非常优秀、非常可贵的品质。创新能力有两条经验公式:

创新能力＝创新潜力＋智力＋创新性＋知识量

创新性＝创新人格＋创新性思维＋创新原理及技法

创新人格包括自觉的创新意识、积极的创新态度、健康的创新情感、坚强的创新意志。

因此,培养创新能力应该:

1. 要热爱生活、深入生活。

生活给创新发明提供了无穷无尽的灵感和素材,创新发明又服务于生活。因此,要热爱生活、深入生活、观察生活、感受生活、体验生活、反思生活并在生活中实践。

2. 加强创新素养的培养。

创新素养包括创新意识、创新态度、创新情感、创新意志、创新思维、创新原理和方法。要营造创新氛围和环境,潜移默化地强化创新意识,养成积极的创新态度和情感,培养坚韧的创新意志,引导和训练创新思维,在创新实践中理解创新原理,掌握创新方法。

3. 积累知识,提高关键能力。

各门类的知识和技能是创新发明的坚实基础,关键能力是创新发明的助推器。关键能力包括收集、分析和组织信息的能力,交流信息的能力,计划和组织活动的能力,与伙伴合作交流的能力,分析与解决问题的能力和运用科学技术的能力。

4. 树立终身学习的观念。

科技日新月异，社会不断进步，只有不断学习，才能与时俱进。创新更需要不断学习，观念、原理、技术、方法都需要不断地更新，只有这样，才能时时创新、处处创新。

沟通与分享

你有过创新发明吗？向你的同学、朋友分享一下你的经历和体会吧。

"赵客缦胡缨，吴钩霜雪明。银鞍照白马，飒沓如流星。十步杀一人，千里不留行……"李白借乐府古题创作的《侠客行》诗中竟然蕴藏着高深的武功。三十多年来，两三百武林高手潜心钻研，竟然无人能破解诗中的武功之谜，直到石中坚出现。石中坚是如何破解《侠客行》中的武功之谜的呢？

石中坚"举目向石壁瞧去，只见壁上密密麻麻的刻满了字，但见千百文字之中，有些笔划宛然便是一把长剑，共有二三十把。这些剑形或横或直，或撇或捺，在识字之人眼中，只是一个字中的一笔，但石破天既不识字，见到的却是一把把长长短短的剑，有的剑尖朝上，有的向下，有的斜起欲飞，有的横掠欲堕……"[1]

"再细看图形，见构成图中人身上衣褶、面容、扇子的线条，一笔笔均有贯串之意，当下顺着气势一路观将下来，果然自己体内的内息也依照线路运行。当下寻到了图中笔法的源头，依势练了起来。"[2]

在第二十四石室，石壁上刻的是蝌蚪文的《太玄经》，石中坚"注目又看，只见字迹的一笔一划似乎都变成了一条条蝌蚪，在壁上蠕蠕欲动，但若凝目只看一笔，这蝌蚪却又不动了。他幼时独居荒山，每逢春日，常在山溪中捉了许多蝌蚪，养在峰上积水而成的小池中，看它们生脚脱尾，变成青蛙，跳出池塘，阁阁之声吵得满山皆响，解除了不少寂寞。此时便如重逢儿时的游伴，欣喜之下，细看一条蝌蚪的情状。只见无数蝌蚪或上窜、或下跃，姿态各不相同，甚是有趣。他看了良久，陡觉背心'至阳穴'上内息一跳，心想：'原来这些蝌蚪看似乱钻乱游，其实还是和内息有关。'"[3]

再看看和石中坚一同上岛的雪山派掌门人白自在是怎么参悟的。白自在一踏入石室，碰到了好朋友温仁厚，就被他拉到石壁前参详"赵客缦胡缨"这句诗的图解和注解，而对诗句、图解及注解的理解两人是有偏差的。

扫码看大侠

"温仁厚道：'白兄，我最近揣摩而得，图中人儒雅风流，本该是阴柔之象，注解中却说：须从威猛刚硬处着手'，那当然说的是阴柔为体、阳刚为用，这倒不难明白。但如何为体，如何为用，中间实有极大的学问。'白自在通读壁上所刻注解后说：'温兄，缦胡二字应当连在一起解释，缦胡就是粗糙简陋，缦胡缨是说他头上所戴之缨并不精致，并非说他戴了胡人之缨。这个胡字，是胡里胡涂之胡，非西域胡人之胡。'温仁厚摇头道：'不然，你看下一句注解：左思魏都赋云：缦胡之缨。注：铣曰，缦胡，武士缨名。这是一种武士所戴之缨，可以粗陋，也可精致。前几年我曾向凉州果毅门的掌门人康昆请教过，他是西域胡人，于胡人之事是无所不知的。他说胡人武士冠上有缨，那形状是这样的……'说着蹲了下来，用手指在地下画图示形。"④

在别人眼里，石壁上刻的是文字、是诗句、是图画，而石中坚看到的是笔划、是剑、是线条、是蝌蚪。别人从字、词、句和注解去揣摩诗和画的意蕴，而石中坚却在笔划中看到剑势，从图画的线条看到经络和内息的运行路径，从蝌蚪的形状和位置感应到穴位的跳动和内息的涌动。

正是因为石中坚不识文字，不谙世务，所以才保持着赤子童心，才有与儿童一般的丰富想象力，才能破解《侠客行》中的武功之谜。

158

①金庸．侠客行 [M]．广州：广州出版社，2015：539.
②金庸．侠客行 [M]．广州：广州出版社，2015：541.
③金庸．侠客行 [M]．广州：广州出版社，2015：546.
④金庸．侠客行 [M]．广州：广州出版社，2015：537.

思考与讨论

1. 爱因斯坦说："想象比知识更重要。"你怎么理解？

2. 有人说，孩子的想象力比大人丰富，随着人的年龄的增长，想象力会减弱。你怎么看？

拓展与积累

想象力培养途径：

1. 亲近自然，感受生活，细心观察，丰富表象；

2. 多读书、读好书，扩大知识面；

3. 积极参加文艺、体育、科技等活动，积累感性经验；

4. 发挥爱好和特长，积极思考，大胆实践；

5. 勇于异想天开，不怕讽刺讥笑。

想象力训练：观察一个无意形成的色块或线条，如黑板上的裂缝、课桌上的纹路、纸上的墨迹、墙壁上的斑痕、天上的云彩、地上的泥印等，极力想象它像什么？越多越好，越新奇越好。

沟通与分享

把你曾经观察到的某个新奇的现象及你的想象和同学、朋友分享一下吧。

赵半山，红花会的三当家，不但太极功夫练得出神入化，暗器功夫更是天下无敌，江湖人称"千手如来"。对于这个绰号，金庸先生在《飞狐外传》中有解释："'如来'是说他面和心慈，'千手'却是说他发暗器、接暗器，就像生了一千只手一般，这抄接暗器，正是他生平最擅长的绝技。众人只觉眼前一花，也没看清他如何出手，七枝金镖已到了他手中。别说七枝，就七七四十九枝金镖齐发，他也不放在眼中。"①

金庸先生还有专门文字描写他发暗器的绝技，"赵半山不等古般若回答，双手向后扬了几扬，跟着转过身来，两手连挥，众人一阵眼花缭乱，但见飞刀、金镖、袖箭、背弩、铁菩提、飞蝗石、铁莲子、金钱镖，叮叮当当响声不绝，齐向古般若射去。众人瞧古般若时，无不目瞪口呆。但见他背靠墙壁，周身钉满了暗器，却无一枚伤到他的身子。古般若半晌惊魂不定，隔了好阵，这才离开墙壁，回过头来，只见百余枚暗器打在墙上，隐隐依着自己身子，嵌成一个人形。"②

赵半山还有他自己的独门暗器"回龙璧"和"飞燕银梭"，这可是他的发明专利。"赵半山是浙江温州人，少年时曾随长辈至南洋各地经商，看到当地居民的一样猎器极为巧妙，打出去之后能自动飞回。后来他入温州王氏太极门学艺，对暗器一道特别擅长，一日想起少年时所见的'飞去来器'，心想可以化作一项奇妙暗器，经过无数次试制习练，制成一种曲尺形精钢弯镖，取名'回龙璧'。至于'飞燕银梭'，更是他独运匠心创制而成。"③

"飞燕银梭"又有什么巧妙之处？赵半山在与张召重对敌时，使用过这件暗器，书中是这样描写的："忽然飕飕两声，两枚银梭分从左右袭来。他（张召重）看准来路，纵起丈余，让两只银梭全在脚下飞过。不料铮铮两声响，燕尾跌落，梭中弹簧机括弹动燕头，银梭突在空中转弯，向上激射。"④

从上述文字中可以发现，赵半山的"回龙璧"是对"飞去来器"的借鉴和创新，这种方法在发明创造中称之为移植法，就像鲁班发明锯子一样。

①金庸.飞狐外传 [M].广州：广州出版社，2015：92.
②金庸.飞狐外传 [M].广州：广州出版社，2015：104.
③④金庸.书剑恩仇录 [M].广州：广州出版社，2015：179.

扫码看大侠

思考与讨论

1. 鲁班是怎样发明锯子的? 给你什么启示?

2. 创新发明可以从哪些方面入手?

因槌而思解 渐丰画

拓展与积累

　　发明创造中的移植法是借鉴某个学科或领域中的原理、技术、方法等,为解决另一学科或领域中的某一问题提供启迪和帮助的创新方法。它是某一学科或领域中现有的成果在新学科或领域中的延伸、拓展和再创造。根据被借鉴的对象不同,移植法可分为原理移植、方法移植、结构移植、功能移植、材料移植等。

　　运用移植法要有联想思维,联想有接近联想、相似联想、对比联想、关系联想、意义联想等形式。

　　联想思维训练:给定一个词或物,在规定时间内写出你能想到的其他词或物,越多越好;或形成一条联想链,越长越好。

沟通与分享

　　你有过有趣、新奇的联想吗? 让大家一起分享一下吧。

韦小宝被方怡骗上了"神龙岛"后，凭着精湛的马屁功夫，以及鬼使神差般地平息了"神龙教"内乱的功劳，深受教主夫人苏荃的喜爱和信任，被封为"白龙使"。为了早日逃离"神龙岛"，韦小宝主动请缨去皇宫盗取《四十二章经》。教主夫人知道韦小宝没什么武功，临行前，教了他三招防身保命的招式，叫做"美人三招"：贵妃回眸、小怜横陈和飞燕回翔，都是败中取胜的功夫。

教主洪安通看他夫人教得高兴，也来了兴致，"待夫人教毕，说道：'夫人的美人三招自是十分厉害，只不过中者必死。我来教你英雄三招，旨在降服敌人，死活由心'"。①

第一招用于被敌人抓住后颈，一把提起时。轻搔敌人的腋下"极泉穴"，敌人会发笑无力而松手，此时趁机左手拿住敌人的腋下，右手回转抓住他的领口，甩敌过顶，同时拿闭其肘后"小海穴"，将他摔在地上。

第二招用于被敌人制住，兵器架于颈项之时。假装向敌人叩头投降，趁敌人放松之际，右手虚点其小腹，左手抓住其右脚足踝，把敌人倒提起来。

第三招用于被敌人封住手腕脉门双手反扣背后之时。弯曲双手十指，各成半球状，身子向后一撞，敌人必定松手后退。随即跃起，倒翻跟头，双腿分开跨坐敌人肩头，双手拇指压住其太阳穴，食指按眉，中指戳眼。

对于这"英雄三招"，教主夫人是真心佩服。"洪夫人道：'教主，我这美人三招是师父所授，当年经过千锤百炼的改正。你这英雄三招却是临时兴之所至，随意创制，比之我的美人三招又更厉害得多。不是当面捧你，大宗师武学渊深，实在令人拜服。'"②

洪安通还当场给这三招取了个大有英雄气概的名称。"洪夫人又道：'教主，我这美人三招有三个美人的名字，你这英雄三招如此厉害，也得有三位大英雄的名头才是。'洪安通微笑道：'好，我来想想。第一招是将敌人举了起来，那是临潼会伍子胥举鼎，叫做子胥举鼎'。洪夫人道：'好，伍子胥是大英雄。'洪安通道：'第二招将敌人倒提而起，那是鲁智深倒拔垂杨柳，叫做鲁达拔柳。'洪夫人道：'很好，鲁智深是大英雄。你这第

扫码看大侠

三招虽然巧妙，不过有点儿无赖浪子的味道，似乎不大英雄……'说到这里，格格娇笑。洪安通笑道：'怎么会不是大英雄？叫个什么招式好呢？……有了，这一招是狄青降伏龙驹宝马，叫做狄青降龙'"③由此可见，洪安通不但文武双全，更兼思维敏捷。

显然，洪安通即兴创制的"英雄三招"是受洪夫人"美人三招"的启发而产生的灵感。灵感也称作"悟"，是因直觉启示而突然迸发的一种领悟或理解。是凭借直觉而产生的快速、顿悟性的思维，是不需要经过逐步的分析和推理，而是迅速对事物做出判断或猜想的思维方式。现代科学研究表明，灵感是大脑的一种特殊技能，是思维发展到高级阶段的产物，是人脑的一种高级的感知能力。

①金庸.鹿鼎记[M].广州：广州出版社，2015：709.
②金庸.鹿鼎记[M].广州：广州出版社，2015：712.
③金庸.鹿鼎记[M].广州：广州出版社，2015：713.

思考与讨论

1. 与灵感相关的词语有哪些？

2. 灵感有什么特点？如何捕捉？

灵感源于思考 渐丰画

拓展与积累

灵感的产生一般有以下四种方式：

第一，原型启发。人们在工作和生活中所接触的每个事物的属性和特征通常会在头脑中形成所谓的"原型"，受这些"原型"的启发，往往能产生新的设想和创意。洪安通的"英雄三招"就是受到洪夫人的"美人三招"这个"原型"的启发而创制的。

第二，形象启发。是指因受某一种事物的表象刺激而产生的灵感。如意大利文艺复兴时期的著名画家拉斐尔，他想要创作一幅新的圣母像，但久久难以下笔。有一次在花园里散步，他看到一位健康、淳朴、美丽、温柔的姑娘在花丛中剪花，这一形象紧紧吸引了他，头脑中闪现出要创作的圣母的形象，于是立刻拿起画笔创作了《花园中的圣母》。

第三，情境激发。急中生智就是属于这种情况，即人处于情急之中突然在脑中闪现的灵感。如曹植的《七步诗》就是由当时兄弟猜忌的情境所激发的灵感而创作的。

第四，言语启发。是指与他人交流或者读书时，通过语言或文字中的一些明示或隐喻而获得的灵感。包括两种情况，一是高人有意的点化，二是读者或听者无意识的灵光乍现。

沟通与分享

在散步、听音乐、做家务、换衣服、与人聊天时，突然会有某种想法一闪而过，你有这样的经历吗？有没有把想法捕捉住？向你的同学、朋友说一说当时的情景吧。

武侠故事

《笑傲江湖》中，衡山派有一套武功叫作"百变千幻衡山云雾十三式"，刘正风就是用这套武功里的招式，出其不意，一下子制住了嵩山派中大名鼎鼎、真实功夫决不在他之下的"大嵩阳手"费彬的。

刘正风与日月神教的长老曲洋是至交好友，五岳剑派的盟主左冷禅认为刘正风与曲洋相交就是叛徒，在刘正风金盆洗手之日让费彬带着丁勉等人携五岳剑派的令旗来到刘府，勒令他与曲洋断交并杀死曲洋。刘正风不从，丁勉就杀了他的徒弟向大年，刘正风提起向大年的尸体，做势要向丁勉掷去。在丁勉全神戒备时，突然转向，将向大年的尸体撞向费彬。费彬连忙运劲挡住尸体，刘正风出其不意地点了他双胁之下的穴道，左手抢过令旗，右手拔剑架在他咽喉，左肘连撞，封了他背心三处穴道。这几下兔起鹘落，变化极快，令在座的武林人士大开眼界。

"这一套'百变千幻衡山云雾十三式'乃衡山派上代一位高手所创。这位高手以走江湖变戏法卖艺为生。那走江湖变戏法，仗的是声东击西，虚虚实实，幻人耳目。到得晚年，他武功愈高，变戏法的技能也是日增，竟然将内家功夫使用到戏法之中，街头观众一见，无不称赏，后来更是一变，反将变戏法的本领渗入了武功，五花八门，层出不穷。这位高手生性滑稽，当时创下这套武功游戏自娱，不料传到后世，竟成为衡山派的三大绝技之一。"①

将变戏法的手法融入到武功中，创出一门新的武功，这在创造发明技法中属于方法移植法。在金庸武侠小说中，还有从动物的捕食、搏斗等动作中受到启发而创出武功的，如《射雕英雄传》中梁子翁的"野狐拳"、《倚天屠龙记》中华山派的"鹰蛇搏"等。中国传统武术形意拳中的龙、虎、猴、蛇等十二形拳，以及华佗的"五禽戏"，也都是借鉴动物的动作特点而创生的。

不仅动物的动作使人联想到武功，植物的形态也给武林高手许多武功上的创意。"两人（郭靖和丘处机）来到了华山南口的

扫码看大侠

40.

衡山派的「百变千幻」

山荪亭，只见亭旁生着十二株大龙藤，天矫多节，枝干中空，就如飞龙相似。郭靖见了这古藤枝干腾空之势，猛然想起了'飞龙在天'那一招来，只觉得依据《九阴真经》的总纲，大可从这十二株龙腾的姿态之中，创出十二路古拙雄伟的拳招出来。"②

　　不仅仅是动、植物的动作和形态可以移植到武功中来，世间万物都可以给人带来无穷的创意和灵感。动如波涛，静如岩石，甚至诗词文字，高手们都可以从中演化出武功来。师法自然，自然会给你无穷无尽的创造源泉。

①金庸.笑傲江湖[M].广州：广州出版社，2015：218.
②金庸.射雕英雄传[M].广州：广州出版社，2015：1277.

思考与讨论

1.衡山派高手创出"百变千幻衡山云雾十三式"的方法对你的创新发明有什么启示？

2.创新发明要如何师法自然？

土门千秋畦 浙羊画

拓展与积累

　　自然界中许多生物都有特殊的本领，人类研究这些生物的结构、功能和工作原理，然后移植到人类社会的各个领域中，创造出各种各样的新工具、新设备，这就是仿生学。从模仿鸟类飞行，到雷达、声呐、人工复眼、人工冷光等，仿生学越来越发达，力学仿生、细胞仿生、分子仿生、能量仿生、信息与控制仿生，应用领域越来越广阔，越来越深入。

　　动态观察法训练：选择一事物，先进行静态观察，记录其特征。再改变时序、空间、环境或物理条件（温度、压力、速度等），创造动态条件进行观察，记录观察过程和结果，最后进行对比、分析。

沟通与分享

　　在亲近大自然的过程中，有哪些现象给过你启示？向你的同学、朋友分享一下吧。

170

41.

裴千尺的枣核

"铁掌莲花"裴千尺是铁掌帮帮主"铁掌水上飘"裴千仞的胞妹、绝情谷谷主公孙止的夫人，因夫妻间感情纠葛，被狠毒的公孙止挑断手足经脉、推入地穴，十几年不见天日。

为了求生，裴千尺练就一门口喷枣核的绝技。"裴千尺在地下捡起一枚枣核，放入口中，仰起头来吐一口气，枣核向上激射数丈，打中一根树干，枝干一阵摇动，枣子便如落雨般掉下数十枚来。"[①]裴千尺便以枣为食，维持生命。

这门绝技不但能打枣，还能攻击敌人。"那婆婆突然脸色一沉……波的一声，口中飞出一物，铮的一响，打在杨过手中所握的那柄匕首刃上。杨过只觉手臂剧震，五指竟然拿捏不住，当的一声，匕首落在地下。他大惊之下，急向后跃，只见匕首之旁是个枣核，在地下兀自滴溜溜的急转。他惊疑不定，心想：'凭我手握匕首之力，便是金轮法王的金轮、达尔巴的金杵、公孙谷主的锯齿金刀，也不能将之震落脱手，这婆婆口中吐出一个枣核，却将我兵刃打落，虽说我未曾防备，但此人的武功可真是深奥难测了。'"[②]

原来的武功不能使了，只能就地取材，以枣核为武器，练成了独门武功。这令人想起冯骥才先生的中篇小说《神鞭》。

清末的天津卫，海神娘娘"出巡散福"之日，大办皇会。一街头混混"玻璃花"跳出来横生事端，故意挑衅。众人劝说无效，僵持不下。这时，卖炸豆腐的小贩傻二挺身而出，用祖传的"辫子功"教训了"玻璃花"。"玻璃花"为了找回面子，先后请来使弹弓的戴奎一、天津卫武术界祖师爷索天响、日本武士佐藤秀郎等人与傻二较量，这些人均被傻二那神乎其神的辫子打败。从此后，傻二威名远扬，众人皆称傻二那条乌黑油亮的大辫子为"神鞭"。

光绪二十六年，天下闹起义和拳。傻二在老乡刘四的劝说下，加入义和团去紫竹林攻打洋人。然而，在战场上，尽管拳民英勇无畏，但大刀长矛挡不住洋枪洋炮。傻二的辫子被打断了，人也受了重伤。死里逃生的傻二躲在老丈人金子仙家养伤，伤养好了，但头发始终长不好，又细又黄。"鞭子"不够长、不够壮，甩起来就没了神威。

扫码看大侠

转眼到了民国三年，全国男人都得剪辫子。当了大兵的"玻璃花"带着洋枪找上门来寻仇，傻二遂隐名瞒姓远走他乡。

又过了一年，当傻二再次出现在"玻璃花"面前时，他已经剪掉了辫子，也玩起了快枪。枪法就像他当年的"神鞭"一样纯熟，神鬼莫测。"玻璃花"见状惊得嗓音都变了调："你，你把祖宗留给你的'神鞭'剪了？"傻二说："你算说错了！你要知道我家祖宗怎么创出这辫子功，就知道我把祖宗的真能耐接过来了。祖宗的东西再好，该割的时候就得割。我把'鞭'剪了，'神'却留着。这便是，不论怎么办也难不死我们，不论嘛新玩意儿，都能玩到家。"

原来，傻二的祖上练的是一种源自佛门的问心拳，需要剃光头。清军入关后，男人必须留辫子。这一变革等于绝了傻二家的武艺。但傻二的祖先把功夫改用在辫子上，创出了神奇的辫子功，这一变，又是绝活儿。

裴千尺的枣核绝技也好，傻二的辫子神功也罢，都是不断创新，与时俱进的产物。随着社会的进步和发展，一些事物的缺点和不足就会显现出来，及时地改进这些缺点和不足，旧事物就变成了新事物，就能永远充满生机和活力。

---

① 金庸. 神雕侠侣 [M]. 广州: 广州出版社, 2015: 636.
② 金庸. 神雕侠侣 [M]. 广州: 广州出版社, 2015: 634.

思考与讨论

1. 如何才能做到"在困境中逆袭"？

2. 创新发明除了改正事物的缺点以外还有什么方法？

拓展与积累

　　在发明创造技法中，有一种缺点列举法。缺点列举法就是有意识地将事物的缺点一一列举出来，然后针对这些缺点，有的放矢地进行改进，从而获得发明创造的方法。这种方法一般可按如下程序进行：一是通过观察和思考或者广泛调查研究、征集意见，尽量列出某一事物的缺点；二是将缺点加以归类整理；三是针对所列缺点逐条分析，研究其改进方案，或思考其缺点能否被逆用，从而化弊为利。

　　找事物的缺点可以运用特性列举法，即列出某一事物的所有特性，仔细观察或分析每一特性的不足之处。通常可以从三个方面进行特性列举：

　　（1）名词特性——整体、部分、材料、制造方法。

　　（2）形容词特性——性质、状态、颜色、形状、感觉。

　　（3）动词特性——功能、作用。

沟通与分享

　　选择一个日常生活和学习中用到的事物，找一找它的缺点，并按照你希望它成为的样子，设计一个改进方案，向你的同学、朋友分享一下吧。

42.

韦小宝的速成

澄观大师是《鹿鼎记》中少林寺般若院首座，韦小宝看中了他的一指禅功夫，想临时向他学几招厉害的武功招数，用来对付绿衣女郎阿珂以便讨她当老婆，武功高强的澄观一开始竟然束手无策。

在澄观的心目中，练少林功夫必须要从入门的少林长拳开始，熟习之后，再学罗汉拳，然后学伏虎拳，内功外功均有相当根柢了，才可以学韦陀掌或大慈大悲千手式……只能循序渐进，不能速成。韦小宝问他，如果从少林长拳开始练，要几年才能练成一指禅？"澄观微笑道：'师侄从十一岁上起始练少林长拳，总算运气极好，拜在恩师晦智禅师座下，学得比同门师兄弟们快得多，到五十三岁时，于这指法已略窥门径。'"①

韦小宝只是想现学现用，并不想真正修炼少林武功，听澄观这么一说，不由倒抽了口凉气，"心想这老和尚拘泥不化，做事定要顺着次序，就算拈花擒拿手管用，至少也得花上十几年时候来学。这老和尚内力深厚似不在洪教主之下，可是洪教主任意创制新招，随机应变，何等潇洒如意，这老和尚却是呆木头一个，非得点拨他一条明路不可。"②

接下来就变成了韦小宝引导澄观创立新招了。韦小宝先是给澄观分析了阿珂的武功底细，然后问澄观两个问题：阿珂是不是内功高手？少林武功能不能克制阿珂掌握的昆仑、峨嵋派的招数？这两个问题一问，顿时惊醒了澄观这个梦中人：不用练习内功，只用精妙的招数就可以克制阿珂的武功。

可是问题又来了，澄观"又道：'不过另有一桩难处，本派入门掌法十八路，内外器械三十六门，绝技七十二项。每一门功夫变化少的有数十种，多的在一千以上，要将这些招式尽数学全了，却也不易。就算不习内功，只学招式，也得数十年功夫。'韦小宝心想：'这老和尚实在笨得要命。'笑道：'那又何必都学全了？只消知道小姑娘会什么招式，有道是兵来将挡，水来土掩，小姑娘这一招打来，老和尚这一招破去，管教杀得她们落荒而逃，片甲不回。'澄观连连点头，脸露喜色，大有茅塞顿开之感。"③

"当下先将二女所用手法，逐一施演，跟着又说

扫码看大侠

了每一招的一种破法，和韦小宝试演。澄观的破解之法有时太过繁复难学，有时不知不觉的用上了内功，韦小宝便要他另想简明法子。少林派武功固是博大宏富，澄观老和尚又是腹笥奇广，只要韦小宝觉得难学，摇了摇头，他便另使招，倘若不行，又再换招，直到韦小宝能毫不费力的学会为止。澄观见小师叔不到半个时辰，便将这些招式学会，苦思多日的难题一旦豁然而解，只喜欢得扒耳摸腮，心痒难搔。"④

在韦小宝的不断启发诱导下，澄观终于创出了几招简易的专门对付阿珂的招式，韦小宝也很快学会了，但这样的武功有用吗？

①金庸．鹿鼎记 [M]．广州：广州出版社，2015：792.
②金庸．鹿鼎记 [M]．广州：广州出版社，2015：801.
③④金庸．鹿鼎记 [M]．广州：广州出版社，2015：803.

思考与讨论

1. 学习可以速成吗？为什么？

2. 创新发明的目的是什么？价值在哪里？

盲目者求速成 浙军画

拓展与积累

　　循序渐进是学习的基本原则之一，所谓循序渐进就是要根据知识和技能的形成规律和学生身心发展的规律，按一定的顺序持续连贯、有系统地安排学习活动。由浅入深、由易到难、由简到繁，是循序渐进应遵循的基本要求，也是行之有效的宝贵经验。因此，要根据最近发展区的原理，把学习目标分解为学生经过努力能达到的一个个小目标。在设置学习任务时，要设置阶梯式的任务，随着一个个小任务的完成，达成一个个小目标，最后达成总体学习目标。

　　创新发明也需要积累，要强化创新意识，培养创新思维，理解创新原理，掌握创新技法并在实践中及时总结经验教训。

沟通与分享

　　创新需要异想天开，创新更需要脚踏实地，这两者之间有什么关系？向你的同学、朋友说说你的想法吧。

武侠故事

《碧血剑》中的主人公袁承志从小就是个听话的孩子，从不违背他师父的意愿。

"师父教他做什么就做什么，叫他怎么做就怎么做。师父叫他要行侠仗义，他就行侠仗义；师父叫他为父报仇，他就去为父报仇；师父叫他暂时不要报仇，他就暂时放下个人的仇恨；师父叫他帮李自成，他就帮李自成；最后，师父叫他不要在朝做官，他就立即辞职归隐。"①

袁承志不仅听穆人清的话，还听崔秋山的话，听木桑道长的话，对夏雪宜遗命也是严格遵从。能听长辈的话是好事，但是，太听话的人往往会屈从于长辈的意见，缺少创新意识，遇到大事缺乏主见，因而往往选择逃避。

袁承志武艺高超，集三大门派的武功于一身。他正规、系统地学完了华山派的正宗、上乘的武功，专修了木桑道长独步天下的铁剑门轻功和暗器绝技，又自学了金蛇郎君的《金蛇秘笈》。但是，他没有像杨过那样，融会贯通三门武功并创出自己的武功路数。

袁承志的人生更多的是在模仿别人，他的父亲袁崇焕、金蛇郎君夏雪宜、李岩、大师兄黄真甚至吕七先生都是他的模仿对象。然而，他本性不像令狐冲那样洒脱，模仿得又不像。正如金庸先生在书中描写的："青青见这个素来谨厚的大哥忽然大作狂态，却始终放不开，不大像样，要说几句笑话，也只能拾他大师哥的牙慧，不禁暗暗好笑。要知道袁承志生平并未见过真正疏狂潇洒之人，这时想学金蛇郎君，其实三分像了大师哥黄真的滑稽突悌，另有三分，却学了当日在温家庄上所见吕七先生的傲慢自大。"②

袁承志在爱情上，也没有选择自己内心的真爱。爱慕袁承志的女子，除了夏青青以外，至少还有焦宛儿和阿九。焦宛儿温柔、大方、能干；阿九出身高贵，对袁承志一往情深，危难之际还曾同床共枕。为什么袁承志最后选择的是爱使小性、性格偏激、不识大体的夏青青呢？焦宛儿倒还罢了，难道袁承志对阿九没有爱意？如果袁承志心中只爱夏青青而不爱阿九，为什么一直称夏青青为"青弟"，而称阿九为"妹子"呢？袁承志最后选择夏青青不过是与她结义在先，又受她妈妈的临终嘱托。

扫码看大侠

袁承志在事业上也同样表现出了屈从尊长，不敢坚持自己的主张，遇到挫折就退缩的性格特点。袁承志因为协助李自成大军攻入北京，李自成要封他为三品果毅将军。袁承志不愿为官，想要推脱，但经牛金星一激，李自成在他肩头一拍，便不再坚持。袁承志等人因制止刘宗敏的部下强占民房、奸淫掳掠而发生争斗，要进宫向李自成进言，碰到李自成正在大宴诸将，认为此时不是进言的时机便不做声了。但刘宗敏却在宴会现场责怪袁承志杀他部下，并趁机向他索要阿九。李自成碍于刘宗敏的功劳，也要他让出阿九。此时，袁承志的反应是"不由得愕然，心中茫然若失"③。当李自成发怒的时候，袁承志"忙躬身道：'属下不敢'。"④袁承志的这种性格导致了他最后看到李岩冤死，就心灰意冷，不顾国仇家恨，远避海外的结局。

如果袁承志有创新意识，有坚强的意志，也许他会成为开宗立派的一代宗师，成为救民族于危难的大英雄。

①陈墨.人物金庸[M].北京：东方出版社，2008：36.
②金庸.碧血剑[M].广州：广州出版社，2015：262.
③④金庸.碧血剑[M].广州：广州出版社，2015：569.

思考与讨论

1. 袁承志是个什么样的人？他有什么优缺点？

2. 创新发明需要什么样的个性品质和性格特征？

坐拥有无止境 浙平 画

拓展与积累

　　在创新意识培养中，有两点非常重要。一要大胆质疑，孟子说过："尽信书，不如无书。"在与家长、老师、专家的意愿或意见相左时，要大胆提出自己的疑问或见解，质疑时要有礼有节、有理有据，不能乱问、瞎问、滥问。二要标新立异，不能人云亦云，要经过独立思考，提出新见解，找出新方法。"横看成岭侧成峰，远近高低各不同"，也许你换一个角度，换一个方向，换一种思路，就有新的发现。

　　发散性思维训练：

　　（1）平时做作业时，尽量做到"一题多解"；

　　（2）学习之余和同学一起玩玩"脑筋急转弯"。

沟通与分享

　　有没有反驳师长的经历？把当时的情景和感受向你的同学、朋友分享一下吧。

《九阴真经》本是道家玄门正宗武学经典，秉承道家法天自然之旨，记载的是为葆生养命而驱魔除邪的内、外武功法门。梅超风和陈玄风从他们的师父黄药师处盗得半部经书后，竟然练成了狠毒残暴、令人闻风丧胆的"摧心掌"和"九阴白骨爪"。

为了练这两门功夫，凶残的梅超风和陈玄风以活人为练功靶子。"那女子右掌一立，左掌啪的一声打在那男子胸前。眼见那男子往后便倒，那女子已转到他身后，一掌打在他后心。只见她身形挫动，风声虎虎，接着连发八掌，一掌快似一掌，一掌猛似一掌，那男子始终不出一声。待到第九掌发出，那女子忽然跃起，飞身半空，头下脚上，左手抓起那男子的皮帽，噗的一声，右手五指插入了那人脑门。只见那女子落下地来，哈哈长笑，那男子俯身跌倒，更不稍动。那女子伸出一只染满鲜血脑浆的手掌，在月光下一面笑一面瞧，忽地回过头来。韩小莹见她脸色虽是黝黑模样却颇为俏丽，大约是四十岁左右年纪，这女子自必是铁尸梅超风了。梅超风笑声一停，伸出双手，嗤嗤数声，撕开了死人的衣服。随即伸手扯开死人胸腹，将内脏一件件取出，在月光下细细检视，看一件，掷一件。她检视内脏，显是查考自己功力进度若何了。"①

这场景是多么的恐怖、血腥和残暴，连江南六怪这样的武林人物也看得背后冷飕飕，不敢喘一口大气。梅超风和陈玄风却习以为常，为了练这邪恶的功夫，不知有多少寻常百姓，惨遭凿脑摧心而死于非命。

梅超风和陈玄风的"九阴白骨爪"源自《九阴真经》下卷中所说的"五指发劲，无坚不破，摧敌首脑，如穿腐土"。他们把这句话理解成运劲于五指，直插敌人的头盖骨，因此练成了"九阴白骨爪"。不同的人对同一句话有不同的理解，这本是正常的。源于同一武功秘笈，练出不同的武功，这是一种创新。就像张君宝和郭襄，都因听了觉远和尚背诵的《九阳真经》，一人开创了武当派，一人创立了峨嵋派。梅超风夫妇从《九阴真经》中练出了"九阴白骨爪"，这也算是一种创新，但这种邪恶的泯灭人性的创新，必须要制止。

扫码看大侠

科技是一柄双刃剑，创新也一样。善良的人可以利用它服务人类、造福人类，邪恶的人也可以利用它来祸害人类、残杀人类。比如：核技术，既可以用来和平发电，也可以用于制造武器；计算机的算法和语言，有人用来编制服务于人们工作和生活的应用程序，有人用来制造"病毒"攻击别人的计算机；克隆和转基因技术的利弊，人们还在争论中，就连人工智能，霍金也曾多次告诫人们要谨慎对待。

① 金庸. 射雕英雄传 [M]. 广州：广州出版社，2015：134-135.

思考与讨论

　　霍金曾说："在我的一生中，我见证了社会深刻的变化。其中最深刻的，同时也是对人类影响与日俱增的变化，那就是人工智能的崛起。人工智能的崛起，要么是人类历史上最好的事，要么是最糟的。对于好坏我们仍无法确定，现在人类只能竭尽所能，确保其未来发展对人类和环境有利，人类别无选择。"

　　你对这一段话怎么理解？

正邪一念间　浦平画

拓展与积累

　　对于创新发明，我们应该确保其过程和结果对人类和环境有利。因此，一要明确创新发明的目的是造福人类、服务社会、促进人类社会的进步发展；二要确保在创新发明过程中严守道德和法律的底线，不进行违反法律和道德伦理的创新发明；三要为自己的创新发明负责，既要勇于创新，也要勇于担当。

沟通与分享

　　在"大众创业，万众创新"的背景下，如果你要从事创新创业，你将如何造福人类、服务社会？向你的同学、朋友分享一下你的想法吧。

警示篇

《倚天屠龙记》中的周芷若初次出场时才十岁，虽是船家贫女，但容貌秀丽，天生是个绝色美人胚子。从给身受重伤的张无忌喂饭吃和临别时替张无忌擦泪的细节描写中可以看出她是位善良、性格柔顺、充满爱心、对人细心的小姑娘。

"周芷若将鱼骨鸡骨细心剔除干净，每口饭中再加上肉汁，张无忌吃得十分香甜，将一大碗饭都吃光了……次日天明，张三丰携同周芷若，与常遇春、张无忌分手。张无忌自父母死后，视张三丰如亲祖父一般，见他忽然离去，不由得泪如泉涌……周芷若回上船去，从怀中取出一块小手帕，替他抹去了眼泪，对他微微一笑，将手帕塞在他衣襟之中，这才回到岸上。"①

周芷若再度出场时，不见其人先闻其声，张无忌先听到一声明亮悠长的清啸，再看到一个身穿葱绿衣衫的十七八岁年纪的女子，轻飘飘地走来。这时的周芷若作为峨嵋派掌门人灭绝师太的得意弟子，深得她师父的欢心。周芷若聪明好学、悟性奇高，灭绝师太有意将她培养为接班人，光大峨嵋派，把峨嵋派的镇派神功峨嵋九阳功也传给了她。此时，周芷若表面上斯斯文文，谦恭有礼，却颇有心机。在与殷离的比武中，明明是她使内力将殷离的手掌弹开，却"只见周芷若眉头深皱，按着心口，身子晃了两下，摇摇欲倒"②。周芷若的装弱是装给她师姐丁敏君看的，因为她的武功已经高出丁敏君很多，故意示弱是怕心胸狭窄、刁钻凶蛮的丁敏君忌妒。周芷若的心机，可以看作一种自我保护。

如此聪明、善良、柔顺的美丽少女，是如何变得阴险狠毒、犹如鬼魅的呢？周芷若的"反转"与她师父灭绝师太的临终遗言有很大关系。她人生的转折点就在灭绝师太临终时传她峨嵋派掌门之位的那一刻。那一刻，灭绝师太对周芷若进行了威逼、重压和教唆。

首先是逼迫周芷若立下毒誓言。"灭绝师太道：'你这样说：小女子周芷若对天盟誓，日后我若对魔教教主张无忌这淫徒心存

爱慕，倘若和他结成夫妇，我亲生父母死在地下，尸骨不得安稳；我师父灭绝师太必成厉鬼，令我一生日夜不安；我若和他生下儿女，男子代代为奴，女子世世为娼。'

周芷若大吃一惊，她天性柔和温顺，从没想到所发的誓言之中竟会如此毒辣，不但诅咒死去的父母，诅咒恩师，也诅咒到没出世的儿女，但见师父两眼神光闪烁，狠狠盯在自己脸上，不由得目眩头晕，便依着师父所说，照样念了一遍。"③

一位尼姑，一位弟子眼里尊敬的师长，竟然让弟子立下这样的誓言，真是让人毛骨悚然。接着，灭绝师太向周芷若说出了倚天剑和屠龙刀里的秘密：倚天剑中藏有《九阴真经》等武功秘笈，屠龙刀中有兵法精要，刀剑相斫，便可得到秘笈、兵法。并把自己还未完成的愿望，压在了周芷若身上。

> "灭绝师太道：'为师的生平有两大愿望，第一是逐走鞑子，光复汉家山河；第二是峨嵋派武功领袖群伦，盖过少林、武当，成为中原武林中的第一门派。这两件事说来甚难，但眼前摆着一条明路，你只须遵从师父的嘱咐，未始不能一一成就，那时为师在九泉之下，也要对你感激涕零。'"④

灭绝师太所谓的明路是什么呢？"灭绝师太道：'为师要你接任掌门，实有深意。我此番落入奸徒手中，一世英名，付与流水，实也不愿再生出此塔。那姓张的淫徒对你心存歹意，决不致害你性命，你可和他虚与委蛇，乘机夺到倚天剑。那屠龙刀是在他义父恶贼谢逊手中。这小子无论如何不肯吐露谢逊的所在，但天下却有一人能叫他去取得此刀……这个人，那就是你了。我要你以美色相诱而取得宝刀宝剑，原非侠义之人份所当为。但成大事者不顾小节。你且试想，眼下倚天剑在那姓赵女子手中，屠龙刀在谢逊恶贼手中，他这一干人同流合污，一旦刀剑相逢，取得郭大侠的兵法武功，自此荼毒苍生，天下不知将有多少人无辜丧生，妻离子散，而驱除鞑子的大业，更是难上加难。芷若，我明知此事太难，实不忍要你担当，可是我辈一生学武，所为何事？芷若，我是为天下的百姓求你。'说到这里，突然间站起身来，双膝跪下，向周芷若拜了下去。"⑤

灭绝师太以民族大义、师门大业为名，不惜向弟子下跪，竟然是要周芷若不顾廉耻、斩断情丝、牺牲色相去欺骗张无忌。这是以崇高的名义，进行赤裸裸地教唆。

此后，周芷若完全按灭绝师太设计的剧本表演，灭人性，绝真情，练阴毒武功，行鬼魅伎俩。欲称霸武林，终被杨过后人教训。

①金庸．倚天屠龙记 [M]．广州：广州出版社，2015：360-364．
②金庸．倚天屠龙记 [M]．广州：广州出版社，2015：572．
③金庸．倚天屠龙记 [M]．广州：广州出版社，2015：938．
④金庸．倚天屠龙记 [M]．广州：广州出版社，2015：943．
⑤金庸．倚天屠龙记 [M]．广州：广州出版社，2015：941-942．

思考与讨论

1. 如果你是周芷若，面对师父的威逼、重压和教唆，你会怎么做？

2. 你如何看待灭绝师太对徒弟的威逼、重压和教唆？

柳暗花却明　渐平画

拓展与积累

　　古希腊哲学家亚里士多德说过，吾爱吾师，吾更爱真理。人生在世，要追求真、善、美，但有时也会碰到某些长辈、亲友要你做假、恶、丑的事，如何应对呢？一要明辨是非，知道什么是真、善、美，什么是假、恶、丑；二要坚持原则，奉行真、善、美，拒绝假、恶、丑；三要以理服人，耐心向他们讲道理，改变他们的想法，如果他们一意孤行，要据理力争；四要讲究策略，要分场合、讲方法，不指责，免难堪。

沟通与分享

　　有没有老师或者家长要你撒谎、占小便宜等？你是怎么应对的？向你的同学、朋友说一说你的想法吧。

武侠故事

"落花流水"——《连城诀》中的"江南四老",陆天抒、花铁干、刘乘风、水岱四位大侠。因水岱的女儿水笙被"血刀老祖"劫持,四人一路追踪到了川藏之交的大雪谷,不料陆天抒、刘乘风、水岱死于非命,花铁干却堕落成了卑鄙无耻之徒。

这一切的开始,是由于花铁干误杀了刘乘风。"花铁干见两人头顶白气蒸腾,内力已发挥到了极致,他悄悄走到了血刀僧身后,举起钢枪,力贯双臂,枪尖上寒光闪动,势挟劲风,向他背心疾刺。枪尖的寒光被山壁间镜子般的冰雪一映,发出一片闪光。血刀僧陡然醒觉,只觉一股凌厉之极的劲风正向自己后心扑来,这时他手中血刀正和刘乘风的长剑相交,要向前推进一寸都是艰难之极更不用说变招回刀,向后挡架。他心念转动奇快:'左右是个死,宁可自己摔死,不能死在敌人手下。'双膝一曲,斜身向外扑出,便向崖下跳落。花铁干这一枪决意致血刀僧于死地,一招中平枪'四夷宾服',劲力威猛已极,哪想得到血刀僧竟会在这千钧一发之际坠崖。只听得波的一声轻响,枪尖刺入了刘乘风胸口,从前胸透入,后背穿出。"①

花铁干误杀了刘乘风后,悔恨交加,心神不宁。急欲与陆天抒及水岱一起合力围杀血刀僧。由于不识积雪中的奥妙以及血刀僧的奸计,陆天抒被斩首,水岱断了双脚。

"花铁干见到水岱在雪地里痛得滚来滚去的惨状,只吓得心胆俱裂,哪敢上前相斗,挺着短枪护在身前,一步步的倒退,枪上红缨不住抖动,显得内心害怕已极。血刀僧一声猛喝,冲上两步。花铁干急退两步,手臂发抖,竟将短枪掉在地下,急速拾起,又退了两步。血刀僧连斗三位高手,三次死里逃生,实已累得筋疲力尽,倘若和花铁干再斗,只怕一招也支持不住。花铁干的武功本就不亚于血刀僧,此刻上前拼斗,血刀僧非死在他枪下不可,只是他失手刺死刘乘风后,心神沮丧,锐气大挫,再见到陆天抒断头、水岱折腿,吓得胆也破了,已无丝毫斗志。"②

扫码看大侠

最终，花铁干在血刀僧的假威面前，催眠之下，求生本能压倒一切，弃枪投降了。从此以后，花铁干就像坐了滑梯，快速滑向了地狱。劝水笙投降、向狄云献谄、吃盟弟尸体、恶意造谣、贪图宝藏等一系列的事情，使名震江湖的江南大侠一下子变成了禽兽不如的卑鄙无耻之徒。

是什么原因使花铁干迅速堕落的呢？书中有两段话可以看出端倪。"自己是成名数十年的中原大侠，居然向这万恶不赦的敌人屈膝哀恳，这等贪生怕死、无耻卑劣，想起来当真无地自容。"③

> "其实他为人虽然阴狠，但一生行侠仗义，并没做过什么奸恶之事，否则怎能和陆、刘、水三侠相交数十年，情若兄弟？只是今日一枪误杀了义弟刘乘风，心神大受激荡，平生豪气霎时间消失得无影无踪，再受血刀僧大加折辱之后，数十年来压制在心底的种种卑鄙龌龊念头，突然间都冒了出来，几个时辰之间，竟如变了一个人一般。"④

首先，花铁干非常在乎自己的名声。其次，花铁干认为向血刀僧投降是犯了大错，因此无地自容，继而自暴自弃、破罐破摔。

①金庸.连城诀[M].广州：广州出版社，2015：192.
②金庸.连城诀[M].广州：广州出版社，2015：202.
③金庸.连城诀[M].广州：广州出版社，2015：207.
④金庸.连城诀[M].广州：广州出版社，2015：219.

思考与讨论

1. 花铁干是在什么情况下向血刀僧投降的？是不是犯了不可饶恕的大错？

2. 如果你因失手或误判而做了错事，你希望别人怎么对待你？

拓展与积累

　　如果你不慎做了错事伤害了亲近的人，你不要试图掩饰，也不必过分自责，你要让自己的情绪尽快平静下来。首先梳理一下当时所发生的事情，你做了什么？造成了什么结果？接下来你要思考怎么做才能弥补过失或减少伤害并付诸行动。如果有难处，寻找能给你帮助的人，坦陈所发生的事情，并真诚地向他求助，明确提出你的请求。最后还要总结一下，如何防范此类事情的发生，如果再次发生这样的事情，应如何更好地应对。

沟通与分享

　　有没有发生因自己不慎而伤害到同学或亲友的事情？说一说当时的情况、你的感受和后续的发展吧。

47.

宋青书的叛变

宋青书——《倚天屠龙记》中武当派创教掌门张三丰的大弟子宋远桥的独生爱子,江湖人称"玉面孟尝"。在书中,他以书生打扮力战殷氏三兄弟出场,金庸先生形容他相貌俊美,气度轩昂,法度严谨,招数精奇,大有名门弟子风范,并借峨嵋派静玄之口称赞他慷慨仗义、济人解困,颇有侠名。在武当派第三代弟子中,宋青书是个出类拔萃的人物,若正常发展极有可能成为武当派第三代掌门。然而,他最终却成了残杀师叔、弑父灭祖的武当叛徒。

宋青书的叛变,源于青春期的躁动。因暗恋周芷若,宋青书深夜去偷窥峨嵋派诸女的卧室,被他师叔武当七侠莫声谷发现。莫声谷认为宋青书败坏武当门风,犯了大错,就一路追杀,要清理门户。以致在石岗比武时,宋青书在陈友谅的恶意帮助下,残杀了莫声谷。为隐瞒此事,宋青书不得不向陈友谅求助,不得不听从陈友谅的安排,从此,在心灵上背负沉重的十字架,在行动上受陈友谅的控制,干出了伤天害理、弑父灭祖的勾当。

对于杀死莫声谷之事,宋青书有过忏悔和救赎,对于陈友谅的要挟和控制,他也有过挣扎和反抗。

"我是天下罪人,本就不想活了。这几天我只须一合眼,便见莫七叔来向我索命……你一刀将我砍死罢,我多谢你成全了我。""你要我在太师父和爹爹的饮食之中下毒,我是宁死不为的,你快一剑将我杀了罢。"[①]从宋青书的这些话中可以看出,他曾以死抗争。

然而,陈友谅以宋青书杀死莫声谷这个秘密相威胁,以帮他娶周芷若为妻相诱惑,在如此威逼利诱以及欺骗恫吓之下,宋青书失去了抗争的勇气和决心,一步一步,越陷越深,难以自拔,最后导致身败名裂。

宋青书从见到周芷若的那一刻起,就一厢情愿地爱上了她。她对宋青书却没有一丝爱意,只有敷衍和利用。这更加剧了宋青书的人生悲剧色彩。

宋青书原本只是犯了一个小错,这个小错却像滚雪球一样越滚越大,最终毁灭了自己,值得深思。如果莫声谷和宋青书都认为偷窥峨嵋派诸女的卧室并不是罪大恶极,宋青书就不用逃,莫

扫码看大侠

声谷也不用追，更不用比武打杀了。如果莫声谷能在事后心平气和地劝说、教育和引导，宋青书能够认识错误，光明正大地去追求爱情，杀叔、弑父、灭祖的事就不会发生了。如果陈友谅不是个居心叵测的枭雄，而是宋青书真正的朋友，诚心帮助他，小错之后只要改正就再无大错了。

①金庸.倚天屠龙记[M].广州：广州出版社，2015：1139-1140.

思考与讨论

1. 中学阶段如果对异性有了爱慕之心应该怎么办？

2. 如果发现你所谓的"朋友"是带有恶意来帮助你的，应该怎么办？

辨是非知取舍 浙平画

拓展与积累

　　人生在世，不能没有朋友。蔡元培先生说："朋友者，能救吾之过失者也。"又说："朋友又能成人之善而济其患。"由此可见，朋友之间应该互相帮助又互相监督。

　　交朋友，首先要谨慎择交，要选择正直、善良，有共同爱好、理想或信仰的人做朋友；一旦订交就要守信义，朋友有困难就要尽力帮助；如果发现朋友言行有过失，要及时指出，并督促其改正；如果朋友要做违反法律、道德的事，要极力劝阻，屡劝不改的，就可以与之断交。

沟通与分享

　　在你的人生中，交过良朋（或恶友）吗？他们曾帮助（或伤害）过你吗？说一说他们的情况吧。

林平之和游坦之，一个是《笑傲江湖》中福威镖局的少镖头，一个是《天龙八部》中聚贤庄的少庄主，拿现在的话来说都是富二代。如果不是家庭惨遭巨变，他们本该有个安逸、富足的人生。但是，飞来横祸使他们的人生变得面目全非。

少年时期的林平之，虽然不免有娇骄二气，但本性还是善良、笃诚，颇具侠义之心的。当他看到岳灵珊假扮的丑女被人调戏的时候，能见义勇为，拔刀相助。当他家的镖师接连暴毙、一家人遭受死亡恐吓的时候，也能仗剑出门，朗声大骂，显现出的血性和英雄气概令人赞叹。

即使是在逃亡的路上，腹中又饥又渴，看见路旁龙眼树上生满了龙眼，也忍住了不去攀摘。认为那是与庭训格格不入的一种偷盗行为，决心宁为乞儿，不作盗贼。在福威镖局的湖南分局，遇到了侵占该镖局的青城派仇人，在他们酣睡之际，林平之本可以轻易杀人报仇，但他认为这样偷偷摸摸地杀人不是大丈夫行径，一定要等学全家传武功后，光明磊落地报仇。后来，大胆横眉冷对余沧海，宁死不肯给木高峰磕头，拼命为令狐冲助力等，都表现出了林平之性格和为人处世中的积极一面。

初入华山门下，林平之还表现出了勤奋好学的品性。然而，当岳不群"伪君子"的本来面目逐渐暴露后，林平之就变得敏感、多疑、隐忍。认为整个天下都在觊觎他家的祖传秘笈"辟邪剑谱"，感受不到也不相信世上还有爱与关怀，心中充满了仇恨、怨恚和邪恶的复仇欲火。为此，他可以挥刀自宫，也可以手刃真心爱他的妻子。最后变成了狠毒、乖戾、狂妄、心理和人格都扭曲变态的大魔头。

游坦之有着与林平之相似的经历和性格特征，但他的遭遇比林平之还惨。当乔峰的飓风席卷过后，聚贤庄尸横遍野，血流成河，庄毁人亡。游坦之的父兄全都丧了命，为了报仇，他远赴关外，却差点被当活靶射死。被萧峰救下来后，游坦之落到了阿紫手里，于是，当人鹞子、变铁丑、受毒虫噬咬等，各种悲惨遭遇接踵而来，他却一心爱上了阿紫。面对种种酷刑，他却能安之若素，唯恐不如此不能见阿紫一面。真是可悲！可叹！

扫码看大侠

当学得《易筋经》上的功夫后，游坦之又成了全冠清的玩偶和丐帮的傀儡。之后他的所做所为，都是为了全冠清的阴谋和私心。游坦之也就彻底失掉了道义、人格和尊严，变成了真正的"铁丑"。真是可恶！可恨！

关于游坦之的人生巨变，金庸先生在书中说："他幼年时好嬉不学，本质虽不纯良，终究是个质朴少年。他父亲死后，浪迹江湖，大受欺压屈辱，从无一个聪明正直之士好好对他教诲指点，近年来和阿紫日夕相处，所谓近朱者赤，近墨者黑，何况他一心一意的崇敬阿紫……学到的都是星宿派那一套。星宿派武功没一件不是以阴狠毒辣取胜，再加上全冠清用心深刻，助他夺到丐帮帮主之位，教他所使的也尽是伤人不留余地的手段，日积月累地浸润下来，竟将一个系出中土侠士名门的弟子，变成了善恶不分、唯力是视的暴汉。"①

①金庸.天龙八部[M].广州：广州出版社，2015：1472.

思考与讨论

1. 林平之（游坦之）的人生只能如此结局吗？

2. 如果你的家庭发生变故，你将如何应对？

直面人生 谢平 画

拓展与积累

204

　　天有不测风云，人有旦夕祸福。如果你的家庭不幸遭遇巨大变故，如经济来源中断、家庭顶梁柱受到重创、父母离婚等，应该如何应对？

　　1. 不要怨天尤人。怨天尤人会积聚愤懑情绪，容易产生偏激的想法。要冷静、全面、客观了解事实，积极应对。

　　2. 要沟通与宣泄。主动与亲近且信任的亲友沟通，说出自己的想法，宣泄不良情绪并寻求帮助。

　　3. 接受现实，重建自我支持系统。以前，家庭是你支持系统里的重要力量，往后，家庭的支持力度减弱甚至需要你支撑家庭，因此，你必须自强或寻求其他支持力量。

　　4. 履行自身职责。列出你能为家庭做的事情清单并努力完成。

沟通与分享

　　你的身边有没有家庭发生变故的人？他们是如何应对的？说一说他们的情况以及你的想法。

石中玉——《侠客行》中玄素庄黑白双剑石清、闵柔夫妇的长子。闵柔认定次子石中坚已被"情敌"梅芳姑残杀，伤心欲绝之后，便把满腔母爱倾注于石中玉一身，娇宠惯纵到无以复加，致使石中玉从小就顽劣不堪，不能管教。石清只得把他送到雪山派，拜"风火神龙"封万里为师。

在雪山派，功夫没学到，却惹下了惊天大祸。小小年纪，色胆包天，捆绑掌门孙女阿绣，剥得一丝不挂，试图强奸。被人发现后，还砍伤了两个丫鬟，逃出了凌霄城。这件事导致阿绣跳崖，她母亲失疯，封万里断臂，掌门夫人史小翠出走。

避祸江湖后，石中玉还是色心不改，色胆依旧。石中玉的身边"总带着珍贵的珍宝首饰，一见到美貌女子，便取出赠送，以博欢心"①。这时，他取出一对玉镯戴在闵柔的腕上，一朵镶着宝石的珠花插在丁珰的头发中。"低声笑道：'这朵花该当再美十倍，才配得我那叮叮当当的花容月貌，眼下没法子，将就着戴戴罢。'丁珰大喜，低声道：'天哥，你总是这般会说话。'伸手轻轻抚弄鬓上的珠花，斜视石中玉，脸上喜气盎然。"②

凭着外表俊朗、伶牙俐齿，用花言巧语、珠宝首饰到处招惹、勾引女子，惹得丁不三的孙女丁珰，对他神魂颠倒、死心塌地。被长乐帮的"着手回春"贝海石阴谋立为挡祸"帮主"后，借机凭着帮主的威势，不仅时常捉弄、猥亵侍女侍剑，还与下属豹捷堂堂主展飞的老婆通奸。

石中玉不但荒唐无耻、道义全无，还贪生怕死、卑鄙恶毒。为了逃避雪山派的惩罚，竟然和丁珰使计诱骗石中坚，李代桃僵，做自己的替死鬼。见到谢烟客与长乐帮火并，便幸灾乐祸，恨不得他们同归于尽。发现谢烟客把他当作了石中坚，就要求谢烟客去凌霄城，杀尽雪山派。

而石中坚在还不知道石中玉就是他哥哥的情况下，为了闵柔和丁珰不再伤心，也为了让石中玉做个好人，恳求谢烟客把石中玉带在身边管教，教到成为好人为止。谢烟客则因为对玄铁令的诺言，只得同意石中坚的恳求。

这时，谢烟客等五人的话，颇耐人寻味。

扫码看大侠

"谢烟客向石中玉道：'小子，跟着我来，你不变成好人，老子每天剥掉你三层皮。'"③

　　"石破天却道：'石大哥，你不用害怕，谢先生假装很凶，其实他是最好的人。你只要每天给他洗衣、种菜、打柴、养鸡，他连手指头儿也不会碰你一碰。'……石中玉肚中更是连珠价叫起苦来：'你叫我洗衣、种菜、打柴、养鸡，那不是要我命么？'"④

　　"闵柔含着满泡眼泪道：'师……师哥，你为什么让玉儿……玉儿跟了他去？'石清叹了口气，道：'师妹，玉儿为什么会变成这等模样，你可知道吗？'闵柔道：'你……你又怪我太宠了他……可是……可是，玉儿从小娇生惯养又怎会煮饭烧菜……'话声哽咽，又流下泪来。石清道：'他诸般毛病，正是从娇生惯养而起。'"⑤

　　石清对谢烟客管教他儿子心存感激并充满期待。"谢先生的心计胜过玉儿，手段胜过玉儿，以毒攻毒，多半有救，你放心好啦。摩天居士行事虽然任性，却是天下第一信人，这位小兄弟要他管教玉儿，他定会设法办到。"⑥

207

①②金庸. 侠客行 [M]. 广州：广州出版社，2015：411.
③金庸. 侠客行 [M]. 广州：广州出版社，2015：499.
④金庸. 侠客行 [M]. 广州：广州出版社，2015：500.
⑤⑥金庸. 侠客行 [M]. 广州：广州出版社，2015：501.

思考与讨论

1. 你认为谢烟客能教育好石中玉吗?

2. 你认为父母应该怎样管教孩子?

拓展与积累

　　古语说: "慈母多败儿。"司马光在《温公家范》中就说: "为人母者, 不患不慈, 患于知爱而不知教也。"对孩子有爱, 是为人母、为人父的本性。人人都知道要关爱自己的孩子, 但要做到爱而有教。

　　在我国古代, 家庭教育一直非常受重视, 我国第一部家庭教育专著的作者、古今家训之祖——南北朝时期颜之推著的《颜氏家训》就明确告诫, 家庭教育最容易出现的问题就是娇惯溺爱子女。"吾见世间无教而有爱, 每不能然; 饮食运为, 恣其所欲, 宜诫翻奖, 应诃反笑, 至有识知, 谓法当尔。"如果父母对孩子只知有爱, 不知有教, 有求必应, 放任自流, 让其为所欲为, 没有苛责惩戒, 反而给予奖赏, 结果必定导致其是非不分, 恶善不辨, 把错误当成理所当然, 形成很难纠正的恶习。

沟通与分享

　　你的父母是怎么教育你的? 向大家分享一下吧。

郭靖和黄蓉的长女郭芙，在外貌上遗传了黄蓉的美丽，明艳动人，但在内在品性上却继承了郭靖的迟钝愚拙和黄蓉的任性妄为，活脱脱的一位刁蛮公主。

郭芙的刁蛮任性，源于黄蓉对她的娇纵。在襄阳城里，郭芙因与杨过言语冲突而动手，一怒之下，竟然挥剑斩断了杨过的一条手臂。这件事发生后，郭家三口人的态度和表现颇能反映他们的品性。

"这一剑斩落，竟致如此，杨过固然惊怒交迸，郭芙却也吓得呆了，知道已闯下了无可弥补的大祸，但见杨过手臂断处血如泉涌，不知如何是好，过了一会，突然哇的一声，哭了出来，掩面夺门奔出。"[①]郭芙在外面躲避了几天，才敢回家。

郭芙就是一位没有主见又肆意妄为的小女孩，闯了祸后，不知道应该怎么处理，吓得只会哭，怕受大人责罚而逃避。

"郭靖霍地站起，喝道：'明明是你斩断了他的手臂，他却怎样欺侮你了？他真要欺侮你，你便有十条臂膀，也都给他斩了。那柄剑呢？'郭芙不敢再说，从枕头底下取出淑女剑来。郭靖接在手里，轻轻一抖，剑刃发出一阵嗡嗡之声，凛然说道：'芙儿，人生天地之间，行事须当无愧于心。爹爹平时虽然对你严厉，但爱你之心，和你母亲并无二致。'说到最后几句话，语声转为柔和。郭芙低声道：'女儿知道。'郭靖道：'好，你伸出右臂来。你斩断人家一臂，我也斩断你一臂。你爹爹一生正直，决不敢徇私妄为，庇护女儿。'"[②]

与郭靖恩怨分明，大义灭亲，对女儿既有爱又有教的态度相比，黄蓉则完全相反，"黄蓉大声道：'芙儿有什么不好了？她心疼妹子，出手重些，也是情理之常。'[③]

黄蓉为郭芙辩护在前，阻止郭靖惩戒女儿在后。

"突然呼的一声，窗中跃入一人，身法快捷无伦，人未至，棒先到，一棒便将郭靖长剑的去势封住，正是黄蓉。她一言不发，刷刷刷连进三棒，都是打狗棒法中的绝招。一来她棒法精奥，二来郭靖出其不意，

竟被她逼得向后退了两步。黄蓉叫道：'芙儿还不快逃！'郭芙的心思远没母亲灵敏，遭此大事，竟是吓得呆了，站着不动。黄蓉左手抱着婴孩，右手回棒一挑一带，卷起女儿身躯，从窗口直掷了出去，叫道：'快回桃花岛去，请柯公公来向爹爹求情。'跟着转过竹棒，连用打狗棒法中的'缠''封'两诀，阻住郭靖去路，叫道：'快走，快走！小红马在府门口。'"④

黄蓉不仅给郭芙准备了小红马和银两，在使计点了郭靖的穴道后，还护送她出城，把贴身的软猬甲交给她护身，并给她买了路上吃的苹果。真真一慈母也！

黄蓉对郭芙的溺爱和娇纵是一贯的。"黄蓉生下女儿之后，却是异常怜惜，事事纵恣。这女孩不到一岁更已顽皮不堪。郭靖有时看不过眼，管教几句，黄蓉却着意护持，郭靖每管教一回，结果女儿反而更加放肆一回。到郭芙五岁那年，黄蓉开始授他武艺。这一来，桃花岛上的虫鸟走兽可就遭了殃，不是羽毛被拨得精光，就是尾巴被剪去一截，昔时清清静静的隐士养性之所，竟成了鸡飞狗走的顽童肆虐之场。郭靖一来顺着爱妻，二来对这顽皮女儿确也十分爱怜，每当女儿犯了过错，要想责打，但见她扮个鬼脸搂着自己脖子软语相求，只得叹口长气，举起的手又慢慢放了下来。"⑤

在父母的溺爱和娇纵下长大的孩子，不但任性刁蛮，还会有心智不成熟、意志不独立、人格不健全等症状。就像郭芙，到了三十多岁了，还是像三岁孩子一样的依赖父母。《神雕侠侣》中有一个小细节颇能窥一斑而知全豹。

百草仙、圣因师太、张一氓等三山五岳的武林奇士秘密来到襄阳给郭襄庆生，临走之际，张一氓把一把张开了的白纸扇插在了天井中的公孙树上。"那纸扇离地四丈有余，郭芙自忖不能一跃而上，叫道：'妈！'黄蓉点了点头，轻轻纵起……拔出纸扇，落下地来。"⑥母女之间是如此的默契，这一声"妈"叫出郭芙的幼稚和对母亲的依赖，也叫出黄蓉对女儿的溺爱和娇纵。

过度依赖父母的孩子是长不大的。"郭芙在父母指点之下修习武功，丈夫耶律齐又是当代高手，日常切磋，比之十余年前自己大有进境，只是她心浮气躁，浅尝即止，不肯痛下苦功钻研，因此父母丈夫都是武学名家，她自己却始终徘徊于二三流之间。"⑦

① 金庸 . 神雕侠侣 [M]. 广州：广州出版社，2015：888.
② 金庸 . 神雕侠侣 [M]. 广州：广州出版社，2015：906.
③ 金庸 . 神雕侠侣 [M]. 广州：广州出版社，2015：901.
④ 金庸 . 神雕侠侣 [M]. 广州：广州出版社，2015：906-907.
⑤ 金庸 . 神雕侠侣 [M]. 广州：广州出版社，2015：27.
⑥ 金庸 . 神雕侠侣 [M]. 广州：广州出版社，2015：1227.
⑦ 金庸 . 神雕侠侣 [M]. 广州：广州出版社，2015：1205.

思考与讨论

1. 郭芙是如何成为现代人所谓的"巨婴"的？

2. 如何正确对待父母的爱和管教？

拓展与积累

　　蔡元培先生说过："独立之要有三：一曰自存；二曰自信；三曰自决。"因此，要成为独立自主的人，首先要掌握立足社会的丰富的知识和足够技能；第二要正确认识和评价自我，树立自信心，无惧挑战、困难和失败，积极进取；第三，为人处世要有自己的准则，既要善于向人求教，又要勇于自己作出判断，提出自己的见解和观点；此外，无论学习、生活、工作都要有目标，在努力实现目标的过程中不断学习、反思和改进。

沟通与分享

　　当今社会有许多"巨婴"，上网查找一下，说一说他们的情况以及你的观点。

梅超风和陈玄风江湖人称"铁尸""铜尸"，合称"黑风双煞"，他们的成名武功是"摧心掌"和"九阴白骨爪"。这样的外号，这样的武功，让人一听就毛骨悚然，感觉是那么的恐怖、凶残、邪恶！

他们为了练这两门邪恶的武功，竟然泯灭人性，以活人为练功靶子。在他们的练功处，骷髅成堆，尸骨成山。因此激起了中原武林人士的公愤，群起而攻之。他们只得逃离中原，到蒙古的荒山野岭继续练功。在蒙古，又遇到了教郭靖武功的江南七怪，陈玄风意外地被郭靖的利剑刺死，梅超风也被柯镇恶的毒铁菱打瞎了双眼。

人不是天生就凶残、邪恶的，梅超风和陈玄风也一样。"我本来是个天真烂漫的小姑娘，整天戏耍，父母当作心肝宝贝的爱怜，那时我名字叫作梅若华。不幸父母相继去世，我受着恶人的欺侮折磨。师父黄药师救我到了桃花岛，教我学艺。给我改名叫梅超风"①

这是梅超风的内心自述，紧接着是她的深情独白。

"在桃树之下，一个粗眉大眼的年轻人站在我面前，摘了一个鲜红的大桃子给我吃。那是师兄陈玄风。在师父门下，他排行第二，我是第三。我们一起习练武功，他时常教我，待我很好，有时也骂我不用功，但我知道是为了我好。慢慢的大家年纪长大了，我心中有了他，他心中有了我。一个春天的晚上，桃花正开得红艳艳的，在桃树底下，他忽然紧紧抱住了我。"②梅超风和陈玄风偷偷相爱了，并私自结为夫妇，但他们爱得战战兢兢，如履薄冰。

因为他们怕被师父黄药师发现，怕受到严厉的惩罚，所以就偷了下半部《九阴真经》，逃离了桃花岛。但是他们没有介绍入门武功的上半部真经，也不懂正宗玄门内功心法，又不敢去请教高人，不知道《九阴真经》应该怎么练，就自我摸索出了"摧心掌"和"九阴白骨爪"。自从练了这两门邪恶的武功，他们就在罪恶的路上越走越远，他们的人生悲剧也就开演了。

既怕师父黄药师的惩罚，又怕中原武林人士的围攻，练功也只能在荒山野岭，所以他们的生活颠沛流离，也胆颤心惊。但是

51.

梅超风和陈玄风的初恋

扫码看大侠

他们一直相亲相爱，虽然他们之间互称"贼汉子""贼婆娘"。他们对黄药师也一直是敬畏和感恩的，虽然他们怕他的严厉惩罚。

在陈玄风死后，梅超风还是想着要向师门赎罪，要重返师门。当在太湖归云庄上听到裘千丈编造的黄药师被杀的消息时，她放声大哭，毫不犹豫地邀约师弟陆乘风一起为师父报仇；当欧阳锋乘着黄药师与全真七子全神对敌之际突然发动背后偷袭之时，她在千钧一发之际挺身而出，用自己的身体挡住了欧阳锋的雷霆一击，救了师父一命；临终之际，她还按照黄药师以前的要求，自折手腕，表示悔罪；当黄药师答应让她重归师门时，她更是欣喜万分，勉强爬起身来重行了拜师之礼。

梅超风和陈玄风曾经天真单纯、勤奋好学，但一逃离师门，他们竟然变成了作恶多端、凶残狠毒之人。他们是可恨可怕之人，也是可悲可怜之人。

①②金庸.射雕英雄传[M].广州：广州出版社，2015：334.

思考与讨论

1. 桃花岛上如花的少男少女，是如何变成邪恶的"铁尸""铜尸"的？

2. 如何正确认识和对待初恋？

拓展与积累

初恋是一种基于异性间自然吸引的情感，是一种纯洁的、真挚的、刻骨铭心的情感。如果在中学阶段初恋了，要思考并做好以下几点：

1. 正确认识自己所处的人生阶段：学业尚未完成、经济不能独立、身心发育还不健全。

2. 树立正确的恋爱观，爱情不仅仅是花前月下的卿卿我我，还需要承担道德和社会责任。

3. 运用"期待效应"，把"我希望你是怎样的人"明确告诉对方，并相互帮助、相互督促。

4. 多参加班级集体活动和社团活动。

5. 学习科学"性"知识，加强"性"道德修养，遵循相爱原则、无伤原则、自愿原则、婚姻缔约原则。

沟通与分享

有自己或者他人的初恋故事吗？说一说故事并谈谈你的感悟或看法吧。

鸠摩智是吐蕃国的护国法王，又称大轮明王。"具大智慧，精通佛法，每隔五年，开坛讲经说法，西域天竺各地的高僧大德，云集大雪山大轮寺，执经问难，研讨内典，闻法既毕，无不欢喜赞叹而去……与姑苏慕容博谈论武功，结为知己"。①

然而，鸠摩智的佛经，仅仅停留在嘴上。段誉就说他是"贪嗔爱欲痴，大和尚一应俱全，居然妄称为佛门高僧，当真是浪得虚名"。②

为了得到大理段氏的《六脉神剑经》，鸠摩智给天龙寺的方丈本因大师写了一封信，信封和信纸竟然都是用黄金打造的，文字是用白金镶嵌出来的。"镶工极尽精细，显是高手匠人花费了无数心血方始制成。单是一个信封、一张信笺，便是两件弥足珍贵的宝物，这大轮明王的豪奢，可想而知。"③如此炫富，岂是大德高僧所为。

在信中，鸠摩智借言慕容博对六脉神剑推崇备至，深憾未能拜观。为酬知己，要来大理，向天龙寺的本因方丈讨求《六脉神剑经》，并言明要焚化在慕容博墓前。知己之说，乃世俗之言，并非佛家之语。因此，"本因方丈道：'明王与慕容先生相交一场，即是因缘，缘分既尽，何必强求？慕容先生往生极乐，莲池礼佛，于人间武学，岂再措意，明王此举，不嫌蛇足么？'……枯荣大师道：'明王心念故友，尘缘不净，岂不愧称高僧两字？'"④

鸠摩智实际上是为自己索取《六脉神剑经》，岂能听劝。虽然刚见面时鸠摩智的四句偈语："有常无常，双树枯荣，南北西东，非假非空。"令枯荣大师凛然，虽然鸠摩智提出要以阐述少林派七十二门绝技的要旨、练法以及破解之道的三卷经书与《六脉神剑经》交换的条件令本因方丈心动，但是天龙寺的高僧们还是拒绝了鸠摩智的要求。

鸠摩智见交换不成，便以大理和吐蕃两国的邦交相威胁。"鸠摩智道：'我吐蕃国主久慕大理国风土人情，早有与贵国国主会猎大理之念，只是小僧心想此举势必多伤人命，大违我佛慈悲本怀，数年来一直竭力劝止。'"⑤

威胁邦交在前，炫耀武功在后。鸠摩智以"火焰刀"功夫对阵天龙寺六僧刚刚练成的"六脉神剑"，枯荣大师无奈之下，只得烧毁了《六脉神剑经》。后来，鸠摩智看到段誉已学会了"六脉神剑"，竟然擒走段誉，扬言要将他活活烧死在慕容博的墓前。如此言行，岂是佛门弟子所为，就算是在世俗中，也是大奸大恶之人。

鸠摩智不仅奸恶，还极为狂妄。为了名垂千古，妄想以一己之

52.

鸠摩智的"嘴上佛经"

力单挑少林寺。妄称已练成少林寺七十二绝技，实则是以"小无相功"模拟大金刚拳、般若掌等少林功夫。虽然打败了玄生、玄慈等少林高僧，却奈何不了虚竹，反而被虚竹识破了他的武功真相。

狂妄之人大都不听别人好言相劝，鸠摩智也是如此。在慕容博和萧远山受无名高僧点化而大彻大悟之时，无名高僧也曾点化鸠摩智。鸠摩智强行修习少林寺七十二绝技和《易筋经》，无名高僧说他"次序颠倒，大难已在旦夕之间"。鸠摩智毫无敬畏之心，以为无名高僧危言耸听，欺骗于他，还敢班门弄斧，暗暗使出"无相劫指"，偷袭无名高僧。"不料指力甫及那老僧身前三尺之处，便似遇上了一层柔软之极却又坚硬之极的屏障，嗤嗤几声响，指力便散得无影无踪，却也并不反弹而回。鸠摩智大吃一惊……那老僧恍如不知。"⑥最后，他还在无名高僧面前暗算段誉，被无名高僧大袖一拂，将他推出数丈以外。鸠摩智这才不敢在少林寺停留，飞奔下山。

无名高僧所言非虚，鸠摩智"还没下少室山，已觉丹田中热气如焚，当即停步调息，却觉内力运行艰难……静坐体息，只须不运内功，体内热焰便慢慢平伏，可是略一使劲，丹田中便即热焰上腾，有如火焚"。⑦即便如此，鸠摩智还是不思悔改。为了能使吐蕃王子成为西夏驸马，不顾自己已走火入魔，仍然力斗慕容复，把他擒住丢入枯井，弄得自己内息冲突奔涌，炙热如焚，肌肤欲裂。后来，自己不小心也掉进枯井，发现被慕容复丢入其中的段誉，竟然还要杀死段誉。

哪知道段誉的"北冥神功"把鸠摩智的内力吸个精光，到此时，才"猛地省起：'如来教导佛子，第一是要去贪、去爱、去取、去缠，方有解脱之望。我却无一能去，名缰利锁，将我紧紧系住。今日武功尽失，焉知不是释尊点化，叫我改邪归正，得以清净解脱？'他回顾数十年来的所作所为，额头汗水涔涔而下，又是惭愧，又是伤心……

这一来，鸠摩智大彻大悟，终于真正成了一代高僧，此后广译天竺佛家经论而为藏文，弘扬佛法，度人无数。其后天竺佛教衰微，经律论三藏俱散失湮灭，在西藏却仍保全甚多，其间鸠摩智实有大功。"⑧

由此可见，道德修行不能只停留在嘴上，要记在心中，见于行动。对于深陷"贪嗔爱欲痴"之人，说教是没有用的，只有让其经历磨难，经受生死考验，让其痛彻心扉，刻骨铭心，才能使其脱胎换骨。

219

①金庸．天龙八部[M]．广州：广州出版社，2015：342．
②金庸．天龙八部[M]．广州：广州出版社，2015：398．
③金庸．天龙八部[M]．广州：广州出版社，2015：341．
④金庸．天龙八部[M]．广州：广州出版社，2015：350-351．
⑤金庸．天龙八部[M]．广州：广州出版社，2015：355-356．
⑥金庸．天龙八部[M]．广州：广州出版社，2015：1545．
⑦金庸．天龙八部[M]．广州：广州出版社，2015：1623．
⑧金庸．天龙八部[M]．广州：广州出版社，2015：1647-1648．

思考与讨论

1. 你如何评价鸠摩智？

2. 如何才能成为一个道德高尚的人？

拓展与积累

"知行合一"是明朝思想家王守仁提出的关于修身和学习的观点，他说："知是行的主意，行是知的工夫；知是行之始，行是知之成。""知之真切笃实处，便是行；行之明觉精察处，便是知"。

在道德修养中，人的日常行为应该以道德认知为指导，在行动中实践道德认知，形成符合道德要求的行为规范。在学习中也一样，理论知识要与实践相结合，在理论指导下实践，在实践中理解、内化、运用，由此，不断深化和拓展理论知识，提升实践能力。

沟通与分享

在道德修养或知识学习中，你是如何做到"知行合一"的？跟大家分享一下吧。

220

53.

白自在的狂妄

《侠客行》中雪山派掌门人白自在，人称威德先生，自三十岁当上掌门人后，一直没遇到能胜过他的对手，便自认为武功天下第一。

白自在先是自高自大，继而狂妄专横，最后竟然到了丧心病狂的程度。

他要求门下弟子见到他时要称颂他为"古往今来剑法第一、拳脚第一、内功第一、暗器第一的大英雄、大豪杰、大侠士、大宗师"。他不但对少林、武当等名门大派的武功看不上眼，认为自己的武功在达摩祖师和张三丰之上，还无视本派祖师爷，说雪山派的武功都是由他独创的。并大言不惭地说："普天之下，做官要以皇帝为尊，读书人要以孔夫子为尊，说到刀剑拳脚，便是我威德先生白自在为尊。哪一个不服，我便把他脑袋揪下来。"①

他平时喜欢问别人：普天之下，谁的武功最高？如果那人回答"掌门人内力既独步天下，剑法更是当世无敌，其实掌门人根本不必用剑，便已打遍天下无敌手了"，②他便哈哈大笑，得意非凡。如果回答稍不如意，就出手伤人性命。

有一次，他问一个姓陆的雪山派弟子，他与少林派的普法大师相比，哪一个武功更高？那个姓陆的弟子回答："本派功夫长于剑招变幻，少林武功却是博大精深，七十二门绝技俱有高深造诣。以剑法而言，本派胜于少林，以总的武功来说，少林开派千余年，能人辈出，或许会较本派所得为多。"③如此回答已是抬高雪山派武功，维护雪山派掌门人的尊严，白自在却一掌把姓陆弟子的脑袋拍个稀烂。他不但对门下弟子如此，对丝毫不会武功的大夫也是这样，致使请来给他看病的两位大夫死于非命。

丧心病狂、滥杀无辜的白自在，搞得雪山派人人自危，惶惶不可终日。无奈之下，他的师兄弟联合他的门下弟子封万里等人，在他的饮食中下迷药，迷翻了他，用镣铐铐住手足，囚在石室中。

即便是被门人用镣铐囚禁在石室中，他还自欺欺人道："我是自愿留在这里静修，否则的话，天下焉能有人关得住我？……爷爷只消性起，一下子就将这铁链崩断了。这些足镣手铐，在我眼里只不过是豆腐一般。"④

后来，他的夫人史婆婆带着他儿子白万剑、孙女阿绣以及石中坚等人来救他，他还死要面子，死活不肯出来。史婆婆只得安排内

扫码看大侠

力浑厚无比的石中坚与他较量，挫一挫他的狂妄之气。

白自在先用生平最得意的绝技"神倒鬼跌三连环"，想摔石中坚一个跟头，哪知道连环三招，虽然招招得手，但一招也不能奏效，不但不能摔石中坚一个跟头，连拖动他一下都不能。紧接着，又对石中坚拳脚相加，数十招下来，招招打在他的身上，但都被石中坚的内力弹回，弄得自己的手掌肿成两个圆球一样，疼痛难当。

至此，白自在才意识到，天外有天，人外有人。黯然道："我白自在狂妄自大，罪孽深重，在这里面壁思过。"⑤

雪山派和白自在的武功到底怎么样，金庸先生在书中也有交代：雪山派的剑法确实精妙无双，但内功法门却是平淡无奇，毫无过人之处。只是威德先生少年时得遇机缘，曾服食世间少见的灵药，内力陡然间大进，使得他的内力高过少林、武当派的高手。

雪山派偏居西域一隅，凌霄城又高高在雪山之上，闭关为王，白自在以及雪山派众弟子便以为他们的武功是天下无敌了。

223

①金庸. 侠客行 [M]. 广州：广州出版社，2015：473.
②③金庸. 侠客行 [M]. 广州：广州出版社，2015：466.
④金庸. 侠客行 [M]. 广州：广州出版社，2015：437.
⑤金庸. 侠客行 [M]. 广州：广州出版社，2015：482.

思考与讨论

1. 白自在为什么如此狂妄自大？

2. 有人说"人不轻狂枉少年"，你怎么看？

无知青狂妄 浙平画

拓展与积累

　　为人处世，既不能自卑，也不能过分自负，更不能狂妄自大，关键在于正确认识自我。如何正确认识自我呢？首先，通过反省进行自我评价。子曰：吾日三省吾身。要每日反思自己的言行、思想，对自己的道德修养、学识、观念、能力进行全面的评价。其次，在实践中认识自我。每一次实践活动都是一次测验，可以发现自己的优势和不足，更好地认识自己。第三，在与他人的比较中认识自我。唐太宗说："以铜为镜，可以正衣冠；以人为镜，可以明得失。"与优秀的同学、朋友相比较，发现差距、寻找原因。最后，重视他人评价，重新审视自己。要特别重视良师益友的评价，闻过则喜，有则改之，无则加勉。

224

沟通与分享

　　你是如何进行自我认识和评价的？你认为自己是什么样的人？向同学和朋友说一说吧。

《天龙八部》里的姑苏慕容公子，相貌英俊潇洒，武功高强，一开始与乔峰齐名，有"北乔峰、南慕容"之称。他的"以彼之道，还施彼身"武功绝技，江湖中人无不敬畏。

慕容公子名复，鲜卑人，燕国皇族后裔。他父亲给他取这个名字，就是希望他能恢复慕容王朝，他也终身以此为使命。所以，他为人处世就以是否有利于恢复燕国为原则。

当不平道人向"三十六洞、七十二岛"首领乌老大提议，邀请慕容复加盟，共同对付天山童姥时，慕容复就想到："我日后谋干大事，只愁人少，不嫌人多，倘若今日我助他们一臂之力，缓急之际，自可邀他们出马。这里数百好手，实是一支大大的精锐之师。"①当即欣然同意。

王语嫣是慕容复的表妹，对他一往情深，一心想与慕容复厮守终生。她丝毫不会武功，但为了慕容复，读遍了天下武功秘笈，成为慕容复的武学"活字典"，对他帮助良多。慕容复也知道她深深爱恋着自己，而他对王语嫣只是敷衍、利用和欺骗。当慕容复得知西夏国王要公开征选驸马，便决意去西夏求亲，他打的算盘是：无论年龄、相貌还是武功，自己都是上上之选，极有可能成为西夏驸马。一旦成为西夏姻亲，他日兴复大燕，西夏铁骑就是他的强大援兵。

此时，王语嫣正在他的身边，他为了一心一意去西夏求亲，就想送王语嫣回去。而王语嫣正是因她母亲极力反对她与慕容复交往，才离家出走的，因此，她不愿意回家。慕容复就说："你一个女孩子家，跟着咱们在江湖上抛头露面，很是不妥……你既不愿去曼陀山庄，那就到燕子坞我家里暂住，我事情一了，便来看你如何？"②

王语嫣的愿望就是要嫁给表哥，成为燕子坞的女主人，听慕容复这么一说，以为表哥已经暗许亲事了，心中窃喜，眼中也流露出异样的光彩来，哪知道慕容复只是给她画了一个饼。

慕容复到西夏求亲不成，兴复大燕又成泡影，便把目光转向了"四大恶人"之首的段延庆。在段延庆擒住段正淳，打算逼段正淳禅位之时，慕容复不知段誉就是段延庆的儿子，以为段延庆无后，竟然求段延庆收他为义子，目的是要继承段延庆还飘在空

54.

慕容复的妄想

中的皇位，然后改大理为大燕。对于慕容复的这个举动，他的亲信包不同极力劝谏，要他别做不忠、不孝、不仁、不义之人。慕容复恼羞成怒，一掌击毙了包不同。

包不同与邓百川、公冶乾、风波恶同为慕容氏的家臣，情同手足。他们对慕容氏忠心耿耿，以兴复大燕为己任，十几年来出生入死，毫无怨言。看到包不同这样的下场，其他三人都黯然离开了慕容复。

慕容复的阴谋被段延庆识破，亲信又都离他而去，兴复大燕成了痴人说梦。然而，深陷皇帝梦中的慕容复，梦深难醒。到最后，只落得，土坟之上，头戴纸冠，南面而坐，在为了吃糖果糕饼的乡村小儿的"吾皇万岁万岁万万岁"的呼声中，喃喃呓语。

慕容复除了相貌俊美，武功高强外，其实是个偏执无知而又无见识之人。王语嫣就说他："他想做胡人，不做中国人，连中国字也不想识，中国书也不想读。"③不读"中国书"，鲜卑人如何能熟知中国文化和历史，"以史为镜，可以知兴替"。不知王朝兴替，怎能兴复大燕？重建王朝，还得识大势、顺民意、懂军事、能外交、这些能力，不知道慕容复有没有？

①金庸.天龙八部[M].广州：广州出版社，2015：1226.
②金庸.天龙八部[M].广州：广州出版社，2015：1449.
③金庸.天龙八部[M].广州：广州出版社，2015：432.

思考与讨论

1. 如果慕容复学会了"六脉神剑"，武功更加高强，他能不能兴复燕国？

2. 年青人应该树立怎样的理想信念？

228

拓展与积累

　　年青人要有远大的理想并努力去实现。为实现理想，一要脚踏实地，循序渐进。远大的理想是人生的长期目标，为达到长期目标，还要有中期目标和短期目标，要知道今天做什么，明天做什么，并且做到"日日清"。二要正视困难，坚持不懈。要充分估量实现理想路上的困难和挫折，碰到困难要努力克服，遇到挫折要冷静分析，积极进取。三要审视反思，校准方向。要明确当前在实现理想路上的位置，审视目标的方位和距离，反思之前的观念和行为，保持正确的方向并不断努力。四要科学评估，及时调整。要科学评估实现理想所需的各种条件以及自己的能力和潜力，根据评估结果调整进程或目标。

沟通与分享

　　你有什么样的梦想？向你的同学、朋友或家人说一说你的梦想及实现的路径吧。

后　记

　　为了写好《金庸武侠之成长秘笈》，我特地申报了温州市教科规划课题——《金庸武侠小说的教育意义及在学校立德树人工作中的运用》，学校的德育工作需要鲜活翔实的内容、丰富多彩的途径和学生喜闻乐见的形式，而通过梳理金庸武侠小说中的育人案例，进行分析、解读、归纳和提炼，并在教育实践中应用、反思和改进，或许能给学校德育工作提供一些教育理念和方法策略。

　　实践是最好的证明。2020 年 11 月，我在瑞安市三所高中开展以《大侠是怎样"炼"成的》为题的讲座，剖析郭靖的学武经历和品德养成。听讲座的学生基本看过金庸先生的小说《射雕英雄传》或由小说改编的电视连续剧，整个讲座过程气氛热烈，我与学生全程互动，一起梳理郭靖的成长历程，分析郭靖之所以能成为侠之大者的原因，分享郭靖的成长带来的启示。

　　2020 年 12 月，我还请两位高中老师，各选《金庸武侠之成长秘笈》中的一篇文章作为教学内容给学生上课。

　　李安兴是高中思政课教师，选的内容是《虚竹学武，救人自救》。李老师从让学生观看天山童姥传授虚竹武功的视频开始，引导学生挖掘虚竹学武过程中的善心品质，启发学生对善良的思考，加深对"善心"的认识。

然后介绍虚竹练成武功后的善行，让学生体会善行带给他人和自己的正面影响。最后结合学生身边的善行实例，让学生感悟：要以善心看待纷繁复杂的社会，以善行服务和回报社会。

　　胡妍妍是高中心理健康教师又是班主任，选的内容是《郭靖遇西毒，越挫越勇》。她的课堂由暖身小游戏引入，接着让学生观看郭靖在西域石屋与欧阳锋搏斗的视频，并提出三个问题：郭靖的目标是什么，欧阳锋在这里充当什么角色，每一次失败后，郭靖都在做什么？由此来梳理"确定目标—实践—反思与改进—再次实践—实现目标"这一越挫越勇的路径。最后还通过小组讨论，让学生领悟面对困难要有目标、有决心、有行动、有反思、有毅力。

　　这两节课，深受学生的欢迎也得到了听课教师的好评。

　　由此可见，《金庸武侠之成长秘笈》一书除了作为高中学生课外读物之外，还可以作为学生社团活动、班会课、思政选修课程的内容。

　　在此，一并向李安兴和胡妍妍两位老师表示感谢！

黄宗放

2021 年 3 月于瑞安